Marguerite Duras

# Des journées entières dans les arbres

Gallimard

À
MADAME JEANNE MASCOLO

# DES JOURNÉES ENTIÈRES
# DANS LES ARBRES

Il regardait ailleurs pour ne pas rencontrer son regard maigri, décoloré. Dès qu'elle était descendue de l'avion, à l'infinie prudence qu'elle avait mise à franchir la passerelle, il avait compris. Ça y était, c'en était fait vraiment : une vieille femme était assise à côté de lui. Et la mère le vit parce qu'il y avait des larmes dans les yeux de son fils. Alors elle lui prit la main.

— Ça m'est arrivé d'un seul coup, expliqua-t-elle doucement, dans l'hiver d'il y a deux ans. Un matin, je me suis regardée dans la glace et je ne me suis pas reconnue.

— Mais non.

— Si, si, je sais. C'est comme ça que ça arrive, d'un seul coup. J'aurais dû t'envoyer des photos, on n'y pense pas... Mais ce n'est pas la peine d'être triste. Je suis vieille mais c'est tout, je me porte très bien.

— Maman.

— Oui, mon petit, oui. Je n'en pouvais plus,

il me fallait te revoir. Cinq ans. Cinq ans sans se
voir, on ne devrait jamais faire des choses pa-
reilles.

— C'est vrai.

Elle agita ses petits bras. Les manches de sa
veste se relevèrent : il vit ses poignets couverts
de bracelets, et ses doigts maigres de diamants.

— Tu as de beaux bijoux, dit-il.

— Ah ! mais c'est que je suis devenue riche...
— elle sourit comme quelqu'un qui cache son
jeu.

Riche et couverte d'or jusqu'au délire désormais. C'est fini, pensa le fils. Il n'avait jamais
pensé qu'on pouvait si mal, un jour, reconnaître
sa mère. Cela l'étonnait.

— Mais si, je le sais que tu es riche.

— Oh non, tu ne sais pas à quel point.

— Plus riche qu'avant ?

— Bien plus, mon petit.

Il la prit par les épaules.

— Mais pourquoi tant et tant de bracelets ?

— Mais c'est de l'or, s'étonna-t-elle.

Elle tendait ses bras, ignorait Paris, les lui
montrait afin qu'il les admirât. Tout cela clique-
tait sur elle, trop grand.

— Pas si bête, maintenant, je les porte.

— Tous ?

— Tous. Je m'en suis assez privée toute ma
vie.

Dehors il faisait un grand soleil bleu de printemps et de légères et fraîches rafales de vent balayaient les rues. Des hommes libres, aux mères lointaines ou décédées marchaient sur les trottoirs.

— Tu as raison, dit-il.

— Quoi ? de les porter tous ?

— Oui.

— Mais que j'ai froid.

— C'est rien, maman. La fatigue. C'est rien.

Dès qu'ils furent rentrés, elle s'affala dans un fauteuil.

— Eh bien, voilà, déclara-t-elle. Je suis là.

Une jeune femme apparut.

— Marcelle, dit le fils. Elle vit avec moi comme je te l'ai écrit.

— Bonjour, mademoiselle. Elle chercha son sac, mit ses lunettes et regarda la jeune femme.

— Bonjour, madame. Marcelle avait les yeux pleins de larmes.

— Il me fallait revoir mon fils avant de mourir.

— Excusez-moi, mais ma mère, je ne l'ai pas connue, c'est pourquoi je pleure.

— Assistance publique, dit le fils.

— Bien sûr, bien sûr, dit la mère. Mais ne pleurez pas. Je suis une mère comme les autres. Regardez-moi, ça va passer ne pleurez plus.

Le fils, adossé à la cheminée, les yeux encore rougis de larmes, désormais, s'ennuyait un peu.

— Je vais te montrer l'appartement, viens.

Elle se leva péniblement du fauteuil et en fit le tour à son bras.

— Tu auras la chambre de Marcelle. Elle est calme, et le lit est bon.

— Je suis habituée aux grands espaces alors tout me semble petit, s'excusa-t-elle. Trois pièces, c'est quand même pas mal, paraît-il, mais là-bas, j'ai vingt pièces, quand j'y pense, vingt pièces pour moi toute seule ! Quel malheur quand j'y pense ! J'ai toujours étouffé dans les appartements, dans les maisons petites. Il m'en a toujours fallu des grandes, des trop grandes, avec des jardins autour... Toujours trop grandes je les ai eues... où j'avais peur la nuit quand j'entendais les chiens... toujours trop grandes, comme mes projets, comme tout ce que je fais, hélas !

— N'y pense plus.

Elle s'arrêta, ayant remarqué quelque chose sur sa tête.

— Tu as des cheveux blancs aux tempes, dit-elle, je n'avais pas remarqué.

— Quatre — il sourit — c'est rien, rien du tout.

— Tu étais le plus blond de tous, de l'or.

Ils retrouvèrent Marcelle dans la salle à manger.

— Vous avez peut-être faim, dit-elle, pour une fois on pourrait manger plus tôt. Qu'est-ce que tu penses, Jacques ? Ta mère, elle a peut-être faim.

— Toujours, répondit la mère, j'ai toujours faim. La nuit, le jour, toujours. Et aujourd'hui tout particulièrement.

— Alors, d'accord pour manger tout de suite ?

— Tout de suite, dit Jacques — il se mit à rire — moi aussi, figure-toi, j'ai toujours faim.

La mère sourit à son fils. L'amour embua ses yeux.

— Toujours comme à vingt ans ?

— Toujours. Quand je mange, c'est la chance.

— La semaine dernière on en était aux échantillons d'hépatrol, dit Marcelle en riant très bruyamment. On a tenu quatre jours, hein Jacques ?

— Et encore heureux, dit Jacques.

La mère s'inquiéta de voir dévier la conversation.

— Alors, on mange ?

— Tout de suite, dit Jacques. Il y a du jambon, de la salade... on a pensé qu'après avoir été secouée dans l'avion...

Marcelle riait, seule dans son coin. La mère était consternée.

— C'est que moi je mange, gémit-elle, il faut que je mange, moi. Du jambon, c'est loin d'être suffisant. Comme je suis très vieille j'assimile mal et il me faut avaler d'énormes quantités de nourriture pour pouvoir en avoir mon dû...

— C'est-à-dire...

— Je comprends, je comprends, mais si vous le permettez je vais descendre chez les commerçants et je compléterai votre menu.

— D'accord, dit Marcelle en bondissant. Je mets ma veste.

— Non, dit Jacques. C'est moi qui descends.

— L'ennui, gémit encore la mère, c'est qu'il va falloir encore attendre et que j'ai déjà si faim...

— Des choses toutes faites, dit Jacques, ici les magasins en regorgent. On en trouve partout, dans toutes les boutiques, des masses. Ne t'en fais pas.

— Descendons, descendons, mon petit, tu ne peux pas savoir la sorte de faim que c'est.

Le fils et la mère descendirent faire les provisions. Le fils, d'une main, tenait trois grands sacs vides, de l'autre, le bras de sa mère. Une fois dans la rue il crut bon de s'expliquer.

— Je ne peux pas vivre tout seul, tu comprends. Personne, à mon âge.

— J'ai froid.

— C'est la fatigue, c'est rien. Ce ne serait pas normal à mon âge de vivre seul.

— Il n'y a pas par ici une bonne charcuterie où on pourrait trouver une bonne choucroute comme je l'aime ? Cuite au vin blanc et bien macérée ?

— Tout ce que tu veux, dit le fils avec un énorme entrain, le quartier par ici est réputé pour son ravitaillement.

— C'est tellement vite fait, tu la réchauffes, tu ajoutes une petite goutte de vin blanc, et voilà.

— Rien de meilleur.

— Rien. Heureusement que je suis venue, à ce que je vois, déclara joyeusement la mère.

Une demi-heure à peine après leur départ, ils débarquèrent dans l'appartement avec les trois sacs gonflés comme des outres.

— Choucroute, rôti de bœuf, petits pois, fromages, beaujolais, annonça joyeusement Jacques à Marcelle, qui joignit les mains devant tant de richesses.

— Qu'est-ce qu'on va se régaler ! — Marcelle avait encore un rire d'enfant.

La mère, toute droite dans l'entrée, regardait déballer la nourriture avec des yeux égarés par la faim.

— Il faut tout faire cuire, dit-elle, surtout le rôti, que rien ne se gâte. Avec ce petit vent qu'il y a aujourd'hui, et je m'y connais, les choses tournent, la viande surtout. Le printemps est partout.

Marcelle mit immédiatement la choucroute à réchauffer et y ajouta une goutte de vin blanc sur les indications de la mère.

— Que vous êtes bonne, dit-elle. Jacques m'avait dit combien vous étiez bonne, combien vous l'aviez été dans votre vie.

— Il ne faut rien exagérer, dit la mère — une légère irritation dans le ton.

Elle alla dans la salle à manger, loin de la choucroute, et s'affala dans un fauteuil. Le fils et Marcelle restèrent à la cuisine.

— Mais que j'ai faim, dit-elle pour elle seule, mais que j'ai faim. Dans ces avions de maintenant on vous donne pour toute nourriture du thé léger, des toasts, des bêtises, quoi, sous prétexte que l'avion fatigue l'estomac de quelques-unes de ces dames. Moi j'avoue que l'avion ne me fait rien. La vie s'est assez chargée de me secouer pour que je sois à l'abri de ces petits malaises-là. J'ai si faim que je rongerais un os.

Marcelle s'inquiéta.

— Elle parle. Tu devrais aller voir.

Mais la mère cessa de parler. Elle trouva un journal et le lut, distraitement, jusqu'à l'assoupissement. Quand le fils vint mettre la table, le journal reposait sur ses genoux et ses yeux étaient fermés. Il vint près d'elle, elle sursauta, lui montra le journal.

— Ça va mal, dit-elle. La guerre, regarde. Les guerres passent et moi qui suis toujours là... La guerre, ça me donne envie de mourir...

Le fils caressa ses cheveux doucement et sourit.

— Il n'y a que la guerre ?

— Je me souviens mal de ma vie — elle se reprit, un peu confuse — mais va donc voir ce qu'elle fait de la choucroute, cette personne est si jeune encore.

— Ça va être prêt, cria Marcelle, j'arrive.

Les hors-d'œuvre variés et la choucroute furent enfin sur la table. La mère se leva, s'assit, regarda tout en dépliant sa serviette.

— Eh bien, voilà, dit-elle distraite, les yeux sur la choucroute — je suis là, je n'en reviens pas.

— Ça y est, dit Marcelle, vous avez revu votre fils.

— C'est vrai que c'est vite fait, soupira la mère.

— Pas croyable, dit Marcelle.

Ils mangèrent la choucroute en silence. Elle était bonne et ils l'apprécièrent.

— À part moi, demanda le fils, une fois son appétit un peu calmé, à part moi tu es venue pour quoi ?

— Pas grand'chose. Peut-être m'acheter un lit, mais ce n'est pas urgent, oui un lit pour mourir, le mien est mauvais. J'y ai droit, non ? Un petit morceau de côtelette, s'il vous plaît, mademoiselle.

— Comment que vous y avez droit, dit Marcelle.

— Donne-lui la noix de la côtelette, là sur la gauche, c'est du beurre, ça fond dans la bouche.

— Mais l'os aussi, soupira la mère, j'aime ça moi, de grignoter les os.

— L'os aussi, dit le fils.

On le lui donna. Et ils continuèrent à manger. Ils avaient ceci en commun tous les trois, qu'ils étaient doués d'un grand appétit. Le fils et Marcelle parce qu'ils vivaient dans une demi-famine constante. La mère parce que, jeune, elle avait eu des appétits de pouvoir et de puissance jamais satisfaits et qu'il lui restait cette démesure-là, ce grand appétit vengeur de toute nourriture. Tout à coup, une fois la choucroute bien entamée, elle déclara :

— Quatre-vingts ouvriers.

— Quatre-vingts ? demanda Marcelle s'étant arrêtée de manger.

— Quatre-vingts — elle soupira — et je ne compte pas ceux qui sont attachés à ma personne. Et voilà que déjà je me demande ce qu'ils deviennent quand je ne suis pas là. Voyez ce que c'est, d'être riche. Quel malheur !

Elle avait pris l'os de la côtelette et le rongeait à même de ses doigts endiamantés. Le fils la regardait à la dérobée. Elle n'avait pas tellement changé, au fond, pour ce qui était de l'appétit. Il l'avait connue, dans la misère, mangeuse infatigable, et ainsi dans la fortune elle était restée. Il en éprouva une triste fierté.

— Ça fait plaisir de te voir manger, dit-il.

— C'est l'avantage de mon âge, pour ainsi dire le seul, tu vois. Presque rien de ce que je mange ne me passe dans le corps. En somme, ça ne me sert plus à rien de manger, que pour le plaisir.

— Ah ! que je voudrais pouvoir en dire autant, dit Marcelle. Chez moi la moindre nourriture me profite, c'est incroyable. Je mange un beefsteak et une heure après j'ai déjà grossi du beefsteak, c'est incroyable...

Marcelle depuis un moment lorgnait les doigts endiamantés. On ne pouvait les voir sans en dire quelque chose. Ils appelaient la remarque de scandaleuse façon.

— Comme vous avez de beaux bijoux, dit-elle.

La mère se souvint, posa l'os de la côtelette sur l'assiette, les enleva lentement et les mit en tas à côté d'elle sur la table.

— C'est vrai... je me disais aussi que j'étais bien fatiguée. Tout ce poids, hélas ! Je vais les mettre là pour le moment et après le déjeuner vous me les rangerez en lieu sûr, s'il vous plaît.

— C'est vrai que ça doit peser quand il y en a tellement, dit Marcelle.

— Hélas, soupira la mère, ce n'est pas que je sois coquette, non, ce n'est pas ça, mais je n'ai pas osé les laisser à la maison sans moi. Avec ces quatre-vingts hommes qui sont autour de cette maison où je suis seule, vous m'entendez, seule comme un chien, non je n'ai pas osé. La vue de l'or, parfois... suffit. On le sait que je suis riche, ces choses-là se savent, on peut à la rigueur cacher sa misère, mais sa richesse, hélas, jamais. Et puis que voulez-vous, mademoiselle, je suis devenue riche un peu tard dans la vie, un peu trop tard pour m'y habituer. Et ce rôti, vous comptez nous le donner aujourd'hui ou demain ?

— Je l'avais fait pour le manger froid, mais il est à point si vous le voulez.

— Peut-être pour y goûter ?

Marcelle courut à la cuisine le chercher.

— La choucroute était magnifique, dit le fils dans le silence qui suivit son départ.

— Oui, dit la mère. J'ai bien fait de venir. Ne serait-ce que pour ça, pour cette choucroute-là.

Elle se souvint, prit ses bijoux à deux mains, délicatement.

— Tu pourrais peut-être les mettre sur la cheminée, dit-elle tout bas.

Le fils se leva, les prit à son tour.

— Si tu veux les compter.

— Pourquoi ?

— Pour le principe, on ne sait jamais, au cas où tu ne te souviendrais plus du compte.

— Dix-sept pièces, dit froidement la mère sans regarder.

Le fils les enfouit dans la potiche de la cheminée une seconde avant l'irruption de Marcelle avec le rôti. Puis il se rassit, découpa. Chacun regarda pieusement.

— Une petite tranche pour y goûter, dit la mère. Il est bien aillé et à point, félicitations, mademoiselle.

Ils mangèrent donc le rôti, encore en silence. Il était bon et ils l'apprécièrent encore. Puis l'appétit de la mère fut enfin rassasié.

— Je n'ai plus faim tout à coup, se plaignit-elle doucement, et j'ai froid. Non, mademoiselle, non, ce n'est pas la peine de me faire une bouillotte, c'est le sang qui ne veut plus se réchauffer, qui refuse la chaleur désormais. Il n'y a plus rien à faire et de toute façon ce ne serait plus la peine.

Le fils regarda la vieille femme qui un moment

avant était descendue de l'avion, sa mère désormais.

— Tu vas dormir un peu, viens.

— Oui, la fatigue qui tout à coup me tombe
dessus.

Il se leva et la prit par les épaules. Fatiguée,
elle paraissait encore plus petite, elle titubait
sous l'effet de l'énorme et vaine quantité de
nourriture qu'elle se devait d'avaler.

— Mais je n'ai même pas bu, gémit-elle, donne-moi quand même un verre de vin.

Il le lui versa et le lui tendit. Elle but, à petites
gorgées, mais jusqu'au bout, avec le faux masque
du devoir. Il reprit le verre, le reposa, la condui-
sit dans sa chambre. Seule à la table, rassasiée
elle aussi, Marcelle rêvait. Le fils tira les rideaux
et allongea sa mère sur le lit. Couchée, elle était
si peu épaisse que son corps disparaissait dans la
mollesse du divan. Six enfants là-dedans, pensa
le fils. Seule la tête émergea comme un vestige,
couleur de ces murailles des villes abandonnées.

— Mais, mes cheveux que tu oublies, se plaignit-elle encore.

Il lui défit son chignon avec précaution. Une
maigre petite natte de cheveux jaunis se déroula
sur l'oreiller. Puis il s'assit sur le lit près d'elle.
Et elle regarda par la fenêtre avec des yeux
d'épousée, gênée tout à coup.

— Tu es bien, là ?

— Mon fils, dit-elle tout bas, je voulais te dire... je voulais te dire qu'il y a là-bas de l'or, tu entends ? de l'or à gagner.

— Dors. Ferme les yeux. Dors un peu.

— Oui. Maintenant tu le sais. Si tu veux qu'on en reparle, on en reparlera. L'important c'est que tu le saches.

— On a le temps. Dors.

Elle ferma les yeux. Il attendit un peu, elle ne les ouvrit pas. Ses mains étalées reposaient près de son corps, décharnées, mais enfin reconnaissables, sans bijoux, aussi nues que du temps charnu de la misère de son enfance. Il se pencha et embrassa. La mère sursauta.

— Qu'est-ce que tu fais ? Je dormais.

— Je m'excuse, maman.

— Tu es fou, non ?

— Je t'ai fait beaucoup souffrir dans la vie. J'y repensais. C'est tout.

— Non. Tu as fait ta vie. Il n'y a pas deux façons de quitter sa mère. Même celles, les autres, celles qui prétendent être fières des leurs, de leur brillante carrière et de tout le bataclan, elles en sont au même point que moi... J'ai froid...

— C'est la fatigue. Dors un peu.

— Oui. Je voulais te demander... qu'est-ce que tu fais ?

— C'est toujours pareil. Dors.

— Oui. Toujours pareil, vraiment ?

Il hésita puis le dit.

— Oui, toujours pareil.

Il s'en alla, referma la porte, entra dans la salle à manger. Marcelle rêvait toujours. Il s'assit sur le divan.

— J'ai envie de mourir.

Marcelle se leva et commença à desservir la table en silence.

— Comme si j'étais mort de l'avoir revue.

— Tu vas t'habituer. Viens, viens boire du café. J'en ai fait, il est bon.

Elle le lui apporta. Il le but et elle aussi. Et cela alla mieux. Il s'allongea sur le divan. Elle vint près de lui, l'embrassa. Il se laissa faire, éreinté.

— Si tu veux que je m'en aille, dit-elle, dis-le moi, je m'en irai.

— Je préfère encore que tu restes. Ce n'est pas que je t'aime, non.

— Je sais.

— Mais être seul avec elle, non, je deviendrais fou. Elle demande tout votre temps, votre temps tout entier, je deviendrais fou.

— Oh moi, non.

Il s'étonna. Elle rêvait encore, les yeux vers la fenêtre.

— Elles me plaisent toutes, tu comprends, expliqua-t-elle. Les mauvaises comme les bonnes, un vice, quoi. Même de celle-là, par exemple, je ne peux pas penser qu'un jour je pourrais m'en lasser.

— C'est peut-être d'avoir trop fait la putain dans la vie qu'il vous vient des sentiments pareils, qui sait ?

— Je ne suis pas intelligente, je ne sais pas si c'est de ça que ça me vient ou d'autre chose, de ma bêtise par exemple. Je ne sais pas.

Ils devisèrent ainsi pendant dix minutes au bout desquelles, la mère, renattant ses cheveux, fit irruption dans la pièce.

— Je ne peux pas dormir, s'excusa-t-elle en gémissant, et pourtant je suis bien fatiguée — elle tomba dans un fauteuil — ça doit être la joie, la joie de revoir mon enfant... et puis cette usine, cette petite usine que j'ai abandonnée... ces quatre-vingts hommes qui sont là, sans surveillance, ça me fait bondir de mon lit.

— Je te vois venir de loin, je te vois partie dans deux jours.

— Comprends-moi, mon fils. Je n'ai pas eu le temps de m'habituer à tant de richesses, elles sont arrivées pour ainsi dire comme un grand malheur dans ma vie. Je voudrais, mademoiselle, que vous me donniez, par exemple, un torchon à repriser. Je ne peux pas rester sans rien faire. Un torchon ou autre chose, quelque chose de gros et de facile, parce que mes yeux, forcé-

ment... Je ne veux pas vous déranger. J'ai froid.
Mais ne faites rien pour moi, rien ne servirait
plus à rien, je suis trop vieille désormais, c'est le
sang qui ne circule plus. Et puis je suis venue
pour un mois, ne l'oubliez pas, alors je ne veux
pas commencer à vous déranger, je n'ai jamais
dérangé personne dans ma vie, ce n'est pas
maintenant que je commencerai. Voyez-vous, la
vie est curieuse. Il y a cinq ans que je n'ai pas vu
mon fils, et ce dont j'ai le plus envie c'est de
repriser un torchon. Je suis plus là-bas, avec ces
hommes, avec ces loups tout prêts à m'égorger
qu'avec vous deux ici présents. Je n'ai rien à vous
dire, à vous personnellement. Mais d'eux, je
pourrai vous parler indéfiniment. D'eux seuls
désormais. Un torchon, mademoiselle, s'il vous
plaît.

— On pourrait sortir, dit le fils, si tu ne peux
pas dormir.

— Sortir, pourquoi faire ?

— Pour rien. Il arrive que l'on sorte pour rien.

— Je ne saurais plus le faire, je ne sais plus
sortir pour rien.

Marcelle se leva, ouvrit une commode, prit un
torchon et le lui tendit. Elle mit ses lunettes et
le regarda attentivement. Marcelle et le fils, de
chaque côté d'elle, la regardaient le regarder, la
subissaient comme un oracle. Marcelle prit du

coton à repriser et une aiguille et les lui tendit
aussi.

— C'est vrai qu'il y a beaucoup de travail
dans la maison de Jacques, dit-elle d'un ton
convaincu.

La mère leva la tête, sourit à Marcelle, se
rassura.

— Vous comprenez, mademoiselle, dit-elle, je
ne dois pas penser. Si je me mets à penser, je
meurs.

— Je comprends. Je vais vous faire un café, ça
vous réchauffera, et si vous le voulez, on vérifiera
le linge de votre fils.

Marcelle s'en alla à la cuisine.

— Par exemple, ce lit, on pourrait peut-être
l'acheter, dit le fils.

— Ce lit, je pourrais l'acheter demain.

— Alors, comme ça, tu vas repriser le premier
jour ?

— Pourquoi pas, mon petit ? Laisse-moi faire,
je t'en supplie.

— Tu es toujours aussi terrible — il sourit —,
jamais tu ne changeras.

— Que pour mourir. Plus autrement, c'est
vrai.

Marcelle revint avec le café. La mère le but
goulûment. Puis Marcelle alla chercher une pile
de torchons.

— Elle marche ton usine ? demanda négligemment le fils.

— Trop. Je mourrai de travailler.

— Laisse tomber, si c'est pour moi.

— C'est trop tard, je ne peux pas, et cette idée-là me plaît, c'est désormais la seule idée supportable de ma vie. Je n'ai que toi, je pense à toi, je n'ai pas choisi de t'avoir. Mademoiselle, ce qu'il faut à ce torchon-ci, si vous m'en croyez, c'est une pièce, pas une reprise. Si vous aviez un bout de tissu. Parlez-moi quand même un peu de votre vie à tous les deux... faites un petit effort.

— Toujours pareil, dit le fils.

— Vraiment ?

— Pareil absolument, répéta le fils.

La mère n'insista pas et expliqua à Marcelle.

— Il tient de moi, mademoiselle, si vous saviez comme j'étais paresseuse. Une vraie couleuvre. À quinze ans on me retrouvait dans les champs, endormie dans les fossés. Ah ! j'aimais ça, flâner, dormir, et d'être dehors, par-dessus tout. Et au début, je vous parle d'il y a vingt ans, quand j'ai vu que Jacques ne faisait toujours rien, je me suis dit que c'était cet instinct-là que j'avais qui lui revenait. Alors j'ai commencé à le battre, à le battre. Tous les jours. À dix-huit ans je le battais encore. Tu te souviens ?

Elle se renversa et rit. Marcelle la regardait, fascinée.

— Je me souviens, dit le fils en riant.

— J'ai persisté. Chaque jour, pendant cinq ans.

— Qu'est-ce que j'ai pris...

— Et puis, j'ai compris qu'il n'y avait rien à faire... je m'y suis habituée comme au reste. Il faut bien qu'il y en ait comme lui, non ? Il y en aura toujours... aucun régime, aucune morale n'arrivera jamais à extraire le jeu du cœur des hommes... c'est des histoires, ça n'existe pas. J'ai mis du temps à le comprendre, mais maintenant je le sais. Je sais que mon lot à moi, celui qui m'est échu, c'est d'avoir un fils paresseux, la part joueuse du monde comme fils, puisqu'il en faut une. Si j'ose me permettre, mademoiselle, ce linge n'est pas en bon état. Dans une maison bien tenue, il faut du linge reprisé, en ordre, avant tout, croyez-moi.

— Je vous crois madame. Vous m'épatez tellement que je suis prête à vous croire sur tout, y compris le linge.

— Hélas. Mais les enfants sont venus, et j'ai été seule très vite, et la vie est toujours difficile, et on ne peut pas à la fois élever des enfants et faire ce qui vous plairait. J'ai commencé tôt à faire de moins en moins ce qui me plaisait, et puis par ne plus le faire du tout, et puis, encore plus tard, à ne plus même savoir ce qui m'aurait plu de faire à la place de ce que je faisais... Voyez-vous, ce n'est que depuis quelques années que cela me revient, me chante à la mémoire pour ainsi dire... mais c'est fini.

— On ne peut pas se contenter de rien, dit Jacques, de regarder passer les trains, le printemps, les jours. Il faut autre chose. Je joue comme tu sais.

— Je sais mon petit. Voyez mademoiselle, quand je me suis mise à travailler, je n'ai pu le faire qu'exagérément, comme j'avais été paresseuse en somme... à la folie : Vingt-cinq ans de ma vie sont enterrés dans le travail. On est comme ça, Jacques et moi, quand on se met à quelque chose. Ah ! s'il avait travaillé, il aurait soulevé des montagnes...

— Quand même, dit le fils, quand on revient au petit matin par le premier métro qu'on a attendu pendant deux heures devant un café, crevé et fauché jusqu'à l'os, parfois on se dit que ça ne peut pas durer toujours.

La mère leva la main pour l'arrêter.

— Je ne veux pas espérer que tu changeras un jour. Je l'ai trop espéré. Ne va pas encore une fois me mettre ce ver, cet espoir, dans le cœur. Ne me dis rien. Je ne te demande rien d'autre que de te laisser voir. Et quand je vous demande de me parler de votre vie, c'est de votre vie que je veux dire et non pas d'une autre, nom d'un chien...

— Je fais des abat-jour, dit Marcelle. Puis, le soir, on a une petite planque à Montmartre.

— Tu ne comprendrais pas, dit le fils.

— Excusez-moi... Marcelle rougit.

— Je prends l'avion, je m'en colle pour vingt mille francs, et voilà que je ne comprendrais pas ? qu'est-ce que tu t'imagines ?

— Le soir, Marcelle et moi on travaille dans une petite boîte gentille. On est nourri, le dîner, les cigarettes et trois consommations.

— De la viande ?

— De la viande.

— C'est le principal. Et à midi ?

— On la saute, dit Marcelle.

— Ça dépend des jours.

— C'est ça que vous êtes pâles comme des navets tous les deux.

— Le travail de nuit, forcément. On rentre au petit matin pour dormir, quand on se réveille, c'est la nuit. Pour voir le soleil il faudrait que nous ne dormions pas, le faire exprès.

— Car vous non plus, vous n'avez aucune instruction, mademoiselle, si je comprends bien ?

— Je sais lire, c'est tout. Mais je ne regrette rien de ce côté-là, je n'étais pas douée pour en avoir. Je plains les gens qui me l'auraient donnée, ah ! ah !...

— Vous ne pouvez pas savoir puisque vous n'avez pas essayé.

— Non, dit le fils, pas elle ; elle, c'est un record. Je suis une lumière à côté.

— Tu n'étais pas si bête, non, mais l'intelligence ne t'intéressait pas. Quand même, vous me plaisez bien tous les deux. Il a dû vous dire qu'il avait des frères et sœurs qui avaient fait des études ?

— C'est moi qui leur ai téléphoné, dit Marcelle, pour leur dire votre arrivée.

La mère quitta le torchon des yeux.

— Je ne savais pas qu'ils le savaient que j'étais là. Alors, ils vont venir ?

— J'ai dit demain, pas avant.

— Je ne les connais plus... Ils n'ont aucun besoin de moi désormais. D'autres que moi, ou eux-mêmes, pourvoient à leur entretien. Quand des enfants se passent aussi totalement de leur mère, elle les connaît moins. Ce n'est pas, comprenez-moi, que je leur souhaite une existence... dissolue, non, mais comment vous expliquer ? Ils m'ennuient. Mais voilà que je recommence à parler et que vous ne m'avez encore rien dit ou presque.

— Ils ne sont pas méchants, dit le fils.

— Sans doute, dit la mère, sans doute, je ne sais plus... mais enfin, ils ont fait des études, eu des situations, fait des mariages, tout comme on avale des confitures. Des natures faciles qui n'ont jamais eu à lutter, jamais, contre la violence d'inclinations contradictoires... c'est curieux... et que voulez-vous, moi, ça ne m'intéresse pas.

— Ils donnent trop de conseils, dit le fils. C'est là le défaut principal de ces gens. J'irais bien les voir de temps en temps, mais les conseils, non, je ne peux pas.

— Comment disent-ils qu'ils me trouvent déjà ?

— Je ne sais plus.

— Je te comprends de ne pas vouloir remuer ces choses... Alors, dites-moi un peu, que faites-vous dans cette petite boîte gentille ?

— On reçoit les gens, on les invite à rentrer, à consommer ce qu'il y a de plus cher. Cela s'appelle créer l'ambiance.

— Je vois. Alors comme ça, le soir, je serais toute seule ici à vous attendre ?

— À moins d'abandonner cette boîte, dit Marcelle, je ne vois pas.

— On y a pensé, dit le fils. Tu pourrais venir avec nous.

— Avec la gueule que j'ai, excusez-moi, mademoiselle, je ferais fuir les gens... Remarquez que dans un sens, ça ne me déplairait pas. C'est une chose qui me manque, avec cette existence que j'ai eue, je n'ai jamais eu le loisir d'entrer dans un établissement de ce genre. Voilà que j'ai encore froid.

— Je te fais une bouillotte, que tu le veuilles ou non, dit le fils.

— Qu'est-ce qu'il faut pour trouver un travail pareil ? demanda la mère.

— Être beau garçon, dit Marcelle, et bien parler, c'est tout.

— Il aurait pu faire tant de choses, dit rêveusement la mère. Il aimait les chemins de fer à la folie... Il a passé son enfance à dessiner partout des trains, des tenders, des locomotives... Tu te souviens ?

— Oui, dit le fils qui revenait de la cuisine, oui, c'était une maladie.

— Alors, naturellement, j'ai pensé à Polytechnique pour lui.

— Je comprends, dit Marcelle.

— Et puis crac, à quinze ans, plus personne, il n'a plus voulu entendre parler de rien, ni de trains, ni de rien d'autre. On pourrait peut-être manger un petit quelque chose ? Assez de torchons pour aujourd'hui, mademoiselle.

Ça y est, pensa encore le fils. C'est de manger qu'elle va mourir.

— Non, dit-il doucement, non.

— Une bouchée. Mais si vous n'avez pas faim, je m'en voudrais... Ah ! ces hommes... L'usine ferme dans une heure et demie. J'ai fait mettre une petite sirène... toui ouou... Quand j'y pense...

— Tu ne tiendras jamais un mois. L'eau bout. Je vais te chercher la bouillotte. Ne pense plus à ces hommes.

— Moi, dit Marcelle, j'ai été trouvée sur un banc de la place de la République, j'avais six mois, c'était en hiver, et j'étais à moitié gelée. On m'a mise à l'Assistance publique, comme Jacques vous l'a dit. J'y suis restée jusqu'à treize ans. On m'a mise alors dans un atelier pour apprendre à faire la dentellière, j'y suis restée un an, c'était chez des patrons, et puis au bout d'un an, comme je n'apprenais rien...

— Qui te demande quelque chose ? demanda le fils qui revenait avec la bouillotte.

— Personne, dit la mère. Mais maintenant qu'elle a commencé, il faut qu'elle finisse.

— J'étais bouchée pour la dentelle, quoi, on m'a mise en Auvergne chez des paysans. Là, j'ai gardé les vaches, je n'apprenais toujours rien mais je n'étais pas mal, on mangeait bien, je me suis développée, au grand air, forcément, puis la femme était gentille. Mais voilà qu'un certain jour, je ne sais pas ce qui m'a pris, je lui ai volé cinq francs, c'était la veille de Noël et je voulais je ne sais plus très bien quoi. Elle s'en est aperçue, elle a pleuré un peu parce que, au bout de deux ans, elle avait fini quand même par s'attacher un peu à moi, puis elle a dit à son mari ce que j'avais fait. Alors lui a écrit à l'Assistance publique, une longue lettre, il me l'a lue, dans laquelle il rappelait que lorsqu'on vole un œuf, on vole un bœuf et que mes mauvais instincts me revenaient à la surface, etc., et qu'il croyait bon de les en avertir. Mais moi, minute, retourner à l'Assistance, jamais, plutôt mourir — remarquez qu'on y était pas plus mal qu'ailleurs mais ce qu'il y avait c'est qu'on y était enfermé, vous ne pouvez pas savoir — la nuit, je me suis sauvée avec mon balluchon et j'ai fini par atteindre une espèce de grotte sur la route nationale de Clermont. Voilà.

— Mets-la aux pieds, ta bouillotte.

— Et après, ma pauvre petite.

— Après, ce n'est pas intéressant, dit le fils. Tu veux une tartine ?

— Je veux bien une tartine, mais la suite aussi.

— Raconte, dit le fils, mais vite.

— J'ai attendu trois jours et trois nuits dans cette espèce de grotte, j'avais une trouille des flics épouvantable, je me disais qu'ils devaient me chercher dans toute la région... Trois jours sans manger. Boire, je le pouvais, il y avait heureusement une petite source au fond de la grotte, une chance encore. Mais au bout de trois jours,

quand même, j'avais si faim que je suis sortie et
que je me suis assise à l'entrée de la grotte. Voilà.

— On va acheter ce lit ? demanda le fils.

— Et une fois à l'entrée de la grotte ?

— Quelqu'un a passé. Ma vie a commencé.

— Vous avez mendié ?

— Si vous voulez, dit Marcelle après une hésitation.

— Ce lit ?

— On va y aller, c'est une idée, dit la mère.
Quoi que vous ayez fait, mademoiselle, j'aurais
fait pareil. Je peux tout comprendre de ce que
vous fait faire la misère, la faim, tout vraiment,
c'est là mon intelligence à moi. Venez avec nous
choisir ce lit, on n'est pas trop de trois pour les
conseils.

Marcelle alla se recoiffer. La mère se renversa
sur son fauteuil et rit.

— C'est vrai que pour ce que j'ai à en faire de
ce lit... Ah ! Ah !... Figure-toi qu'avec tous ces
millions que j'ai, mon sommier me pète dans le
dos chaque nuit... Ah ! Ah !...

Marcelle qui les entendait trouva que leurs rires se ressemblaient et le dit.

— Dans les familles, toujours, le rire fait le
même bruit.

— Alors il te pète dans le dos ?

— Toutes les nuits un ressort de plus,
boum... Ah ! Ah !... Je me disais, ce lit pour

mourir, tu l'achèteras quand tu iras voir ton garçon à Paris... Une idée comme une autre...

— Toi, tu vivras cent ans et le pouce... Ah !
Ah !...

La mère redevint sérieuse et se pencha.

— Tu le sais maintenant... de l'or, de l'or à
gagner, dit-elle tout bas.

Je suis mort devant ma mère, pensa le fils.

— Je ne pourrais plus me passer de Paris.

— Paris ? Quand tu sens que l'argent rentre,
rentre... qu'il remplit les armoires, que les béné-
fices augmentent chaque jour, chaque jour, tu
entends ? de l'eau au moulin... Tu ne t'ennuies
plus de rien.

— Comme tu es devenue.

— J'étais ainsi, mais on ne le savait pas, ni
moi ni personne, puisque j'étais pauvre. On est
tous pareils, tous des gens d'argent, il suffit de
commencer à en gagner.

Il hésita et le dit, pour, une fois, ne pas lui
mentir.

— Je n'aime pas l'argent.

Elle haussa les épaules devant tant d'enfantil-
lage, continua.

— Pas d'initiative, ça marche tout seul. Toi,
tu surveilles. Ça n'a l'air de rien, surveiller, eh
bien ! au bout de deux mois, tu ne peux plus t'en
passer. Tu surveilles, tu surveilles tout le temps,
tout.

— Je ne voudrais pas te faire de peine, mais je crois que je n'aime pas l'argent.

Le visage de la mère se ferma sous l'offense.

— Je le croyais.

— Moi aussi, mais non — il se pencha vers elle —, écoute, les meilleures nuits que je passe, c'est quand je rentre chez moi après avoir tout perdu, lessivé, nu comme un ver.

Elle ne voulait pas l'entendre encore.

— Tu surveilles. Tu regardes. Tu t'aperçois que rien ne peut se faire sans toi. Quatre-vingts hommes dans ta main. Je te les donne.

— J'aurais honte, moi qui n'ai jamais rien fait.

— Mais moi je n'ai plus honte — elle essaya de rire —, en somme... c'est ça que je suis venue te dire aussi, je n'ai plus honte...

Elle leva les mains au ciel dans un geste exaspéré.

— Et le travail, le travail, les gens qui travaillent... ça me dégoûte...

Il abandonna la partie.

— Qu'est-ce que tu as pris dans la vie, quand j'y pense.

— Pas plus qu'une autre à la fin, dit la mère d'une autre voix.

— Toutes ces entreprises.

— Rien. J'étais folle. Et ce lit ?

— Je suis prête, cria Marcelle.

Elle arriva. Le fils se leva. Mais la mère resta assise, les yeux au loin.

— Je te prends ton manteau ?

— Si tu veux.

— Tu as peut-être changé d'avis ?

— Je ne sais pas.

Elle se leva quand même, mit son manteau que le fils lui tendit, se regarda dans la glace, les vit derrière elle et se retourna en riant tristement.

— On a l'air de quoi, tous les trois ?

Marcelle et le fils regardèrent à leur tour dans la glace.

— C'est vrai qu'on est mal assortis, dit Marcelle.

La mère se rassit, se fit enfantine.

— Non, je n'ai plus envie de ce lit. Non, décidément. Je préfère encore dormir.

Le fils se rassit et Marcelle aussi.

— Aux Galeries Barbès en ce moment il y a des soldes, justement.

Ils étaient tous trois d'accord pour les soldes, comme pour la nourriture, mais encore une fois pour des raisons qui différaient : Marcelle et Jacques parce que, en dehors de celles du plaisir, aucune dépense ne leur paraissait jamais tout à fait justifiée ; la mère, en vertu d'une très tenace et très longue habitude d'économie. Pourtant, ce jour-là, elle résista à l'attrait des soldes.

— Même en solde, dit-elle, je n'ai plus envie de lit, quel malheur.

— Pourquoi tu dis ça ?

— Parce que je n'en finis plus et que voilà qu'il me faut encore un lit... et regarde-moi à quoi je ressemble pour avoir encore un lit... quel malheur.

— Si tu changes encore d'avis il est déjà tard, dit le fils, il faudrait se dépêcher. À Magenta, on ne trouve que ça, des lits en solde.

— Non, décidément non, ce lit attendra.

Le fils se leva, enleva sa veste et la posa sur une chaise.

— Mais ne vous occupez pas de moi, je vais dormir, gémit la mère. Cette fois-ci, je vais dormir.

Elle se laissa conduire dans la chambre. Il la posa sur le lit comme une heure avant, elle se laissa faire, ne demanda plus rien et elle s'endormit. Il revint dans la salle à manger, attendit encore, Marcelle à ses côtés, de la voir ressurgir de sa chambre en proie à ses nouvelles inquiétudes. Mais elle ne revint pas. Et ils s'endormirent eux aussi à l'attendre. Il faisait pourtant une belle journée de printemps mais ils la dormirent tous trois. Car ils avaient aussi cela en commun de ne pas consacrer au sommeil le temps ordinaire habituel et de dormir par toutes les heures et toutes les lumières. Marcelle et le fils pour tromper leurs accablants loisirs, la mère, pour tromper un peu sa trop ardente faim.

Ils dormirent jusqu'à la nuit tombée. Ils prirent le temps de manger, d'essayer, sans y parvenir encore, de terminer les deux kilos de choucroute achetés par la mère le matin. Ils dînèrent joyeusement en buvant du beaujolais et ils arrivèrent à Montmartre vers dix heures. La boîte était gentille, la bouteille de champagne y valait deux mille cinq cents francs, ce qui la classait car c'était un bon prix pour l'année. Jacques alla immédiatement vers le patron : un homme borgne qui avait dû en voir lui aussi et de toutes les couleurs mais dont la passion du commerce rendait la bouche amère comme un vomi. Déjà en smoking, il secouait des shakers.

— T'es en avance, Jacquot, qu'est-ce qui t'arrive ?

— Ma mère est là — il la présenta — si tu permets, elle nous attendra dans la salle le temps de notre boulot.

— Dans un coin bien caché, dit la mère, elle s'intimida et dit enfantinement — avec une bonne bouteille de champagne.

Le patron avisa mais le champagne lui sourit. La mère le comprit, se redressa, prit la prestance impériale de la fortune. Le patron s'inclina.

— Enchanté, dit-il, j'ai beaucoup entendu parler de la mère de Jacques.

— Bien frappé le Moët. Je dis pour commencer.

— Entendu, madame. Jacques parle souvent de vous.

— Je suis son orgueil, c'est pourquoi. Je suis devenue très riche à l'âge où en général on meurt.

— Ce soir nous ne mangeons pas, dit le fils, on s'est tapé la cloche avant de partir, qu'est-ce qu'on s'est mis.

Son insistance n'échappa pas au patron. Il accompagna la mère à une table, dans un coin, effectivement.

— Comme cela, madame, vous jouirez du spectacle sans en être incommodée.

— Quand même un dessert, non ? avec le champagne, demanda la mère.

— Si tu veux, dit le fils avec une fierté sérieuse, qui se voulait naturelle, et dont l'existence qu'il menait ne lui donnait que rarement l'occasion.

— Des Melba, crois-moi, tu m'en diras des nouvelles.

Le patron souriait. Jacques et Marcelle annoncèrent qu'ils devaient s'habiller. La mère s'étonna sans rien en dire.

— Ils doivent se mettre en tenue de soirée, expliqua le patron.

— Je sais.

Mais elle ne savait rien. Ses yeux le disaient

très simplement. Une gêne traversa les yeux du patron qui préféra retourner au bar piler de la glace dans un seau afin d'y mettre le Moët. Il le commanda à voix très haute par une porte derrière le bar, ainsi que les Melba. Assis sur des tabourets, deux clients jouaient aux dés en buvant des Martini. Il s'en occupa aussi. La mère resta seule, scruta la salle, la bouche détendue par l'étonnement, l'effroi devant tant d'inconnus. Le patron pensa : Mon Dieu qu'elle est vieille, la mère à Jacquot. Il avait eu lui aussi une mère, une Espagnole, il y avait très longtemps de ça. Il s'en souvint une seconde à travers la précipitation de sa vie et il trouva que celle-là lui ressemblait. Il alla vers elle avec le Moët.

— Je me tiendrai bien tranquille, lui dit-elle, n'ayez aucune crainte ; sa voix tremblait. Mon Dieu qu'elle est vieille, la mère à Jacquot, pensa encore le patron. Elle enleva sa petite veste noire et, en se retournant, la posa sur le dossier de son fauteuil dans un geste soigneux et économe. L'or de ses bras brilla de tous ses feux ainsi que les diamants de ses doigts, dans le geste qu'elle fit. Le patron oublia sa propre mère.

— Je n'avais pas vu mon fils depuis cinq ans. Il me fallait le revoir. Si on s'étonne de ma présence ici, vous direz cela, et que pour une fois...

— Mais madame, votre présence ici m'hono-

rerait plutôt... Je dirai la vérité, que vous êtes la
mère de notre camarade Jacques.

— C'est ça, elle hésita, c'est ça... À mon âge,
vous savez, on ne comprend plus que la moitié
des choses, je dirai même qu'on n'en voit plus
que la moitié... Vous pourriez dire, par exemple,
que vous ne savez pas qui je suis, que je suis
entrée comme ça... Que vous n'êtes pas respon-
sable de vos clients... Mais enfin, dites la vérité
si vous croyez que c'est mieux. Asseyez-vous un
instant là, près de moi, monsieur.

Il s'assit, à la fois intimidé, ennuyé, les yeux
sur les bracelets et les bagues, un peu intrigué
aussi.

— Je ne vous retiendrai pas, monsieur. Une
minute. Je voulais vous demander une chose
sans importance... Il y a très longtemps que je
n'ai pas vu mon fils et je ne sais pas au juste
ce... ce qu'il peut bien faire chez vous. Depuis
quelques années je suis très soucieuse de savoir
si j'ai le droit de me mêler des affaires de mes
enfants parce qu'il y en a tellement qui, à leur
âge, sont délivrés de toute surveillance. C'est
pourquoi vous pouvez, si vous voulez, ne pas me
répondre.

Le patron servit deux coupes de champagne,
but, la mère aussi, et alluma une cigarette.

— Il n'y a que quinze jours qu'il travaille chez
moi, dit-il.

Il avait des yeux coupables. La mère ne le vit pas.

— Entre une mère et son enfant on se dit peu de choses, excusez-moi. C'est simple curiosité de ma part, rien d'autre.

Elle avait parlé tout bas et elle ne souriait plus. Ses yeux étaient à moitié morts déjà. La pitié traversa le cœur aigri du patron.

— Je peux tout entendre sur mon fils, vous savez.

Le patron oublia les bracelets.

— Je comprends, dit-il. Jacques est gentil mais... il n'est pas très sérieux.

La mère leva les bras dans un mouvement de défense.

— Ce n'est pas ça que je vous demande, gé-mit-elle.

Il avança sa main, la posa sur l'or de la sienne.

— Ça n'a pas de nom ce que fait Jacquot.

Elle enleva sa main, but du champagne, baissa les yeux.

— Je vous remercie, monsieur, de m'avoir parlé.

— Tout et rien à la fois...

La mère écoutait d'une attention faussement lassée sans pouvoir néanmoins consentir à regarder l'homme.

— Il accueille les clients, il danse, en somme des choses pas fatigantes.

À court d'idées, il s'excusa de ne pouvoir lui en dire davantage.

— Mais comment donc, dit la mère, je sais ce que je voulais savoir.

Elle sourit, hautaine, et demanda encore :

— Et des gens comme mon fils, il y en a dans tous les endroits de ce genre ?

— Oui.

— C'est un métier comme un autre, quoi, mais qui n'a pas de nom, c'est curieux.

— Ça ne veut rien dire, le nom.

— Ce serait simplement plus pratique, c'est seulement dans ce sens-là que je le disais, seulement dans ce sens-là.

Le patron, comme on console, changea de sujet de conversation.

— Vous avez de beaux bijoux.

La mère souleva ses bras, s'en souvint, les regarda.

— Hélas, ils sont lourds, gémit-elle. Je suis très riche, oui, et je porte sur moi tous mes bijoux. J'ai une usine. Quatre-vingts ouvriers. Je me demande ce qu'ils peuvent bien faire sans moi. Je voudrais ne plus y penser. Un peu de champagne, s'il vous plaît.

— Ah ! l'œil du maître, c'est mon principe à moi aussi, rien ne remplace l'œil du maître ; il servit le champagne, assez étonné.

La mère but le champagne, posa le verre et dit d'un ton harassé :

— On le dit, mais le tout c'est d'y croire.

Ils pensèrent à la même chose. Le patron, troublé, se tut et fut repris par la précipitation de sa vie. Des clients entraient, d'ailleurs, il s'excusa et s'en retourna à son bar. La mère resta seule jusqu'au moment où le fils et Marcelle apparurent, en smoking et en robe du soir. Le premier regard du fils fut sur sa mère. Elle mit ses lunettes et le regarda. Le patron prit quand même le temps de les observer une seconde, puis il les oublia, agita un shaker. Le fils et Marcelle s'assirent en silence à la table de la mère. Elle trouva qu'il était encore bien beau mais dès qu'ils furent là, assis près d'elle, elle enleva ses lunettes et les remit dans son sac. Comme elle vit que son fils avait honte, elle cessa de le regarder. Et ce fut de cela seulement qu'elle souffrit, qu'il eût honte. Qu'elle souffrit et s'émerveilla à la fois qu'il fût, dans sa honte devant sa mère d'une jeunesse aussi délicieuse, et qu'elle le retrouva enfin tout à fait, dans ce costume nocturne aussi transparent qu'autrefois. Elle se demanda de très loin, dans l'horizon brumeux de sa raison défaillante ce qui le lui avait protégé de la sorte, lui, entre tous ces gens et elle trouva qu'elle avait de la chance.

— Ça te va bien le smoking, dit-elle.

— Tu parles, dit le fils.

— Un peu de champagne, mon fils ?

— Oui. Je ne me plains pas, remarque, tout est de ma faute.

— Tout, quoi ? demanda-t-elle. Son regard était clair. Il se rassura, se trouva une fois de plus allégé de la dette énorme de sa filiation. Mais il avait un tout petit peu envie de pleurer, comme le matin.

— Il ne faut pas que je vous gêne, dit la mère, si vous devez commencer votre travail tout de suite. Mais j'aimerais bien boire une coupe de champagne avec vous deux, mes enfants.

— Mais il n'est pas question de faire autrement, dit le fils.

— Oh ! oui, du champagne avec vous, dit Marcelle... si vous saviez...

— Quoi, mademoiselle ?

— Ce que ça fait plaisir de vous savoir là, dans cette salle.

La mère remit ses lunettes et regarda Marcelle, ce qu'elle avait omis de faire jusque-là. Elle était décolletée, tellement fardée, qu'elle en était presque méconnaissable. Belle et jeune, jeune encore. La mère enleva ses lunettes, comprit ce qu'elle avait jusque-là omis de comprendre et rougit tout à coup sous le coup de cette découverte : ce qu'avait été Marcelle dans la vie depuis qu'elle était sortie de la grotte, traquée par la

faim, à seize ans. Le souvenir d'une grande pitié
laboura son cœur.

— Et ces Melba, dit-elle, comme c'est long.

Marcelle se leva, alla au bar, parla au patron
qui lui dit que les Melba arrivaient, et les attendit.

— Elle est gentille, dit la mère.

— Ça ne compte pas ; le fils balaya l'air de sa
main.

— Je n'avais pas compris.

— Ça ne veut rien dire, dit le fils les yeux
baissés, ce n'est pas de ça que je parle, mais
d'elle quant à moi. J'aurais beau jeu de parler du
reste, moi.

— Mon fils, avec le champagne, tu vois, la fatigue me revient.

— Tout ce voyage pour me voir.

La mère, sans doute, n'entendit pas. Trois
musiciens noirs, également en smoking, montèrent sur une estrade et essayèrent leurs instru-
ments, un saxophone, une batterie, une trompet-
te. La mère remit ses lunettes et les examina non
sans curiosité. Deux couples arrivèrent. L'orchestre joua un tango. Marcelle revint avec les
Melba et aussitôt ils commencèrent à les manger, à les savourer dans un silence qui leur était
déjà coutumier. La mère avait gardé ses lunettes
et souriait d'aise, les yeux tantôt sur sa coupe,
tantôt sur les musiciens noirs. Un couple se leva

et dansa. Un des clients du bar vint tout de suite
après inviter Marcelle. Celle-ci, dès qu'il apparut, le suivit docilement sans prendre le temps
de finir sa coupe Melba.

— Elle n'avait même pas fini sa Melba, se
plaignit la mère.

— Laisse faire. Elle a assez mangé aujour-
d'hui.

— C'est drôle — la mère regarda son fils —,
on dirait que tu regrettes ce qu'elle mange.

— J'ai toujours été comme ça. Quand les gens
mangent, je le regrette, j'ai du regret de ce qu'ils
mangent. Je ne sais pas pourquoi.

— Peut-être quand même que tu n'es pas
bon.

— Je ne le suis pas. Je ne le suis pas parce
que quand il m'arrive d'avoir envie de l'être je le
regrette aussitôt. Quelquefois je lui ramène un
beefsteak de bon cœur, puis quand elle le mange,
quand je la vois le manger, je le regrette... Je le
regrette, comment te dire ? amèrement.

— Oui, c'est vraiment drôle que tu sois
comme ça... — la mère scrutait ce fils, essayait
d'y voir clair dans son sang —, moi, quand les
gens mangent, je ne peux pas dire, n'importe lesquels, je suis contente.

— Quand elle mange le beefsteak, c'est
comme si le monde en était privé. Je ne sais pas
pourquoi.

— Peut-être que ça ne veut rien dire du tout d'aimer voir manger les gens, ni qu'on est bon ou autre chose, rien. C'est peut-être qu'on a eu des enfants, c'est tout.

Elle se faisait rassurante mais lui, le fils, il avait toujours été pour les généralisations rapides comme si le temps l'eût pressé.

— Je ne veux jamais de bien à personne, jamais. Je suis méchant.

Le regard de la mère se fit triste et d'une tendresse désespérée.

— C'est vrai que tu ne veux de bien à personne... je me souviens... Parfois, je me demande d'où tu m'es venu...

— De temps en temps ça m'arrive, on ne peut pas s'en empêcher, remarque, mais après, voilà, on le regrette.

— Pourtant, en général, ton père et moi-même... je ne dis pas maintenant... on avait plutôt de bons sentiments il me semble, cherchat-elle dans ses souvenirs.

— Ne cherche pas à comprendre — le fils sourit car il commençait à s'inquiéter du tour que prenait leur conversation.

— Mais les enfants, ça vient de si loin, gémit la mère, de si loin. Avec toutes ces lignées qu'on a derrière soi... ah ! là, là ! quel malheur... Je voudrais que tu me donnes un peu de champa-

gne. Voilà que je repense à ces hommes dans
mon usine. Ça me revient comme une nausée.

Il lui en versa prudemment le fond de la
coupe.

— Comme une nausée. Et quand j'y pense je
suis méchante. Moi non plus je ne sais pas
pourquoi.

Elle but. Il se tut, examina la salle pour voir
s'il n'y avait pas quelqu'une dont il aurait dû
s'occuper.

— Mais tu n'es pas si méchant, non, reprit la
mère, ce qu'il y a surtout c'est que tu voudrais
l'être, tout à fait, comme tu veux tout, être tout
à fait méchant, voilà...

— Peut-être — il rit — laisse tomber.

— Mais au fond de toi il n'y a rien de mauvais, rien, je le sais. Pour moi c'est autre chose.
Tu comprends, moi, ce qu'il y a, c'est que je ne
veux plus rien savoir. Plus rien comprendre à
rien — elle fit un geste de grande liquidation. —
Ni me raconter d'histoires. Lorsque leurs femmes viennent les chercher, par exemple, avec de
beaux bijoux, des bijoux en or, de l'or comme le
mien que j'ai mis soixante ans à mériter, eh bien,
j'ai envie de les tuer... Et je ne me le cache pas,
je me le dis...

— Des salopes.

La mère se tut tout net, encore une fois aveu-
glée par ce fils.

— Pourquoi tu dis ça ?

Il sursauta légèrement, comme réveillé.

— Je ne sais pas. Parce que je suis méchant.

La mère douta encore.

— Ce n'est pas de leur faute quand même.

— C'est vrai, ce n'est pas de leur faute. Tu vois comme je suis — il rigola.

— C'est pour me faire plaisir, je le sais.

Il ne répondit pas.

— Non, non, gémit-elle... tu ne comprends pas. Ce n'est pas de leur faute, c'est moi... ce qu'il y a pour moi... c'est qu'ils travaillent... — elle enfouit sa tête dans ses mains pour y cacher son malheur — c'est qu'ils travaillent comme des brutes...

Sa voix se brisa, devint sanglotante.

— Et que toi, mon petit, tu ne fais rien...

Il lui prit la main et gentiment la sermonna.

— C'est idiot. Pourquoi penser à moi ? Les gens comme moi, ça ne compte pas tout à fait... Enfin je veux dire, si, ça compte, bien sûr... mais pas dans la société.

Elle le regarda, incrédule. Il souriait.

— Je ne peux pas m'en empêcher, gémit-elle. Je suis pleine de mauvaise volonté. C'est sans doute que je suis devenue si vieille, si vieille... Qui sait d'où ça me vient ? Je ne peux plus lutter contre de tels sentiments... je n'ai plus rien — elle ouvrit ses mains, les lui tendit — plus de cœur, plus de morale... plus rien. Donne-moi encore un peu de champagne, va.

— Il ne faut pas trop boire, maman.

— Mais ça me fait du bien, mon petit.

— C'est vrai — il baissa les yeux.

Quelques clients étaient déjà partis. Deux couples dansaient, enlacés, dans le désir, oublieux du monde. Le patron secouait de nouveau un shaker. Une remarque préoccupait le fils, il hésita mais finit par la dire.

— Toi, en tout cas, tu as trop de bracelets, dit-il en souriant.

La mère sourit aussi, considéra ses bras, attendrie.

— Tu crois ?

— Une vraie vitrine. Nettement.

— Qu'en faire alors ?

— Tu les ranges sagement dans l'armoire, tu fermes à clef, tu n'y penses plus.

— Je ne vivrai pas, soupira la mère. Des choses qui viennent avec l'argent.

— Faut essayer, maman.

Tant d'insistance quand même l'étonna.

— Tu trouves vraiment ?

— Vraiment. Dix-sept pièces sur deux bras, ça ne ressemble à rien.

— Ah, ah ! — la mère rit — quel malheur !

— Je voulais te demander autre chose, si tou-

tefois tu peux me le dire. Je voulais te demander
pourquoi tu es tellement attachée à cette usine.

La mère se ramassa sur elle-même, ferma les
yeux.

— Je n'ai plus rien, dit-elle, que ça.

Elle se toucha les bras, se les palpa comme vile
marchandise.

— Plus rien, reprit-elle. Plus d'enfants. Plus
de cheveux. Regarde un peu les bras que j'ai là...
Plus rien que cette usine.

— C'est mal foutu la vie quand même — mais
le fils n'écoutait plus.

— Quand je pense, je vous vois encore, quand
je pense que vous étiez tous là à dormir comme
des anges dans tous les coins de la maison... à
l'ombre des stores, verts, tu te souviens... et que
moi je pleurais parce que j'avais des dettes. Que
vous étiez là et que je pleurais.

— Je me souviens. Je me levais la nuit pour
faire pipi et je te trouvais assise dans le noir en
train de pleurer. Une fois, j'avais huit ans, tu
m'as demandé comment en sortir.

— Hélas ! Pleine de lait, forte comme un
bœuf, et je pleurais... Je ne pleure plus. Je voulais
te dire ça aussi que je me suis juré de ne plus
jamais pleurer de rien, de rien du tout, tu entends bien ? de rien. Ce sera ma punition pour
avoir été aussi bête dans ma vie.

— Tu as raison, mais tu vois, il faut que j'invite cette femme qui est là, à droite de l'orchestre.

— Je t'ai ennuyé, gémit la mère.

— Non, non, maman, mais mon boulot c'est de danser.

La mère regarda la femme. Elle était belle et regardait son fils. Ils dansèrent. Le patron, voyant la mère toute seule vint à sa table, lui demanda comment étaient ces Melba.

— Bien, dit la mère. Elle venait de découvrir que Marcelle dansait encore, toujours avec le même client.

— Cette jeune fille danse bien, dit-elle.

— Hélas, dit le patron.

Marcelle dansait tout en souriant à la mère, indifférente à son danseur. Le patron lui sourit à son tour, mais lui, très professionnellement. Jacques, lui, ne dansait plus comme tout à l'heure, les yeux baissés et la bouche gonflée de tristesse et de dégoût. La cliente lui plaisait et il tâchait seulement de ne pas trop le montrer. La mère le comprit et s'intéressa à Marcelle.

— Elle a un beau sourire quand même, dit-elle.

— Hélas ! dit encore le patron, vainement en quête d'une complicité.

La mère faisait à Marcelle des petits signes d'encouragement, hochait la tête gentiment tout en lui souriant. Qu'elle est vieille la mère à Jac-

quot, pensa encore le patron, elle n'y est plus.
Sans doute avait-elle oublié qui était Marcelle et
croyait-elle qu'elle ne dansait que pour son seul
plaisir. On aurait d'ailleurs pu s'y tromper. Marcelle souriait, très attentive à la mère, au plaisir
que prenait celle-ci à la voir danser. Elle était
dans les bras de son danseur enfin libre de jouir
d'une mère pour elle seule. Le patron, un peu
dépité, retourna vers le bar. D'autres clients arrivaient. C'était un samedi soir, il y avait du monde. Les gens entraient, voyaient tout de suite cette vieille femme couverte d'or et qui était très
visible malgré la place que lui avait assignée
le patron. Ils demandaient, avec le sourire,
comment, pourquoi, elle se trouvait dans un endroit pareil. On le leur disait. Mais la mère ne
voyait pas leur surprise, toute entière à son attention de la danse de Marcelle. Elle paraissait très
pâle dans les lumières voilées de la salle. Ses bras
maigres se détachaient violemment sur sa robe
noire, alourdis, enchaînés d'or.

Marcelle disparut par la porte du bar. La musique ne s'interrompait jamais et les couples non
plus ne cessaient de danser, toujours étroitement
enlacés. Comme Marcelle ne revenait pas, la
mère s'ennuya un peu d'elle, se demanda vague-
ment ce qu'elle pouvait bien faire, se le demanda
de mauvaise foi, tout en s'en doutant, car elle
était déjà un peu saoule, et vieille, et immorale

désormais. La cliente seule s'en alla. Le fils vint donc voir sa mère.

— Si tu veux, lui dit-elle, on peut reprendre une bouteille de Moët.

Le fils, empressé, la commanda de la table, en faisant au patron un signe d'intelligence. Le patron accourut, déboucha la nouvelle bouteille et servit la mère. Aussitôt qu'elle eût bu elle déclara.

— J'ai faim.

— Non, dit le fils. Après tout ce que tu as mangé aujourd'hui, ce n'est pas possible. C'est une impression que tu as.

— C'est que je suis si vieille, tu ne comprends pas, gémit la mère tout bas.

Elle lui sourit d'un air d'excuse, des profondeurs du temps, réduite déjà comme un souvenir. Il se pencha vers elle et lui prit la main.

— Je n'ai pas choisi d'être comme ça, murmura-t-il, c'est encore comme si j'avais vingt ans. Je ne sais pas encore ce qui m'est arrivé.

— Je sais. Mais il ne faut pas être triste pour ça.

Il se pencha encore un peu plus vers elle.

— Je ne peux pas travailler.

Devant de tels aveux, la maternité la troublait encore aussi fort que dans les premiers temps de sa vie. Elle ne répondit pas.

— Je ne pourrai jamais travailler.

— Pourtant, mon fils — mais elle n'avait plus de conviction — pourtant c'est de l'or, de l'or à gagner.

— Au bout de deux jours je partirai. Comme si j'étais en marge, d'une race pour rire. Je n'y arriverai jamais. Il me manque quelque chose.

— N'y pense pas, mon petit, ne sois pas triste.

— Je ne sais pas très bien quoi, mais qu'il me manque quelque chose, c'est sûr.

— Rien ne te manquait. Simplement...

— Quoi ?

— Tu dormais, tu dormais. Tu ne voulais pas aller à l'école. Tu dormais.

— Non, ça n'explique pas tout, non, ça m'est bien venu de quelque chose d'autre.

— De moi. De rien d'autre que de moi, de moi qui te laissais dormir. Tu ne voulais pas aller à l'école, je te laissais faire, je te laissais dormir.

— Ah ! je me souviens, tu parles comme je me souviens...

Il souriait encore, à son âge, à cette sorte de sommeil-là.

— Et tous les enfants du monde dormiraient comme ça au lieu d'aller à l'école si on ne les réveillait pas. Moi... moi, je ne te réveillais pas.

— Mais si, tu me réveillais, mais si. Je me souviens même comme tu me réveillais, tu me disais...

— Non. Ce n'est pas vrai. Les cinq autres,

oui, toi non. Toi, tous les jours, je ne le pouvais
pas.

Elle baissa les paupières, solennelle, et dit sur
le ton d'une douloureuse sentence :

— J'avais pour ton sommeil une vraie préfé-
rence.

Elle enleva ses lunettes, se laissa envahir par
une fatigue aussi visible que la mort.

— Je suis un peu fatiguée tout à coup, c'est
cet avion...

— Mais puisque je te dis que je m'en souviens, je me souviens comme tu me réveillais, tu
me disais...

— Non. Ça arrive, sur cinq enfants, un tout à
coup, pourquoi ? un qu'on ne réveille pas. C'est
un grand malheur.

Il voulut répondre mais elle ne voulait rien entendre. Pourtant, il essaya encore.

— Et quand tu m'avais réveillé, au lieu d'aller
à l'école, la preuve, tu vois, j'allais dénicher des
nids.

— Non et non. Je comprenais tout de toi et...
seulement de toi. Je ne te réveillais pas.

— Bois un peu de champagne.

— Alors tu as cru qu'il en était ainsi de la vie.

— Bois.

Il lui en versa, lui tendit le verre. Elle but. Il
reprit espoir.

— Tu vois, quand je regarde les autres, dit-il

sur le ton habituel du bavardage avec elle, mes frères par exemple, eh bien ! je ne comprends pas, je trouve qu'ils perdent leur temps.

La mère se pencha vers son fils, dévorée d'amour, le regard en feu.

— Mais c'est la même chose, mon petit, c'est exactement la même chose. Qu'est-ce que tu vas t'imaginer ? Moi, par exemple, si je travaille, c'est que ça me plaît. C'est la même chose en fin de compte... travailler... pas travailler... il suffit de commencer, de prendre l'habitude. Tu commencerais... en une semaine ce serait fait... C'est une question de...

— Laisse courir, maman.

— Oui. Je voulais dire une question de ne pas trop réfléchir, c'est tout.

Elle se laissa retomber en arrière, retourna à sa fatigue d'un seul coup.

— Mais alors il ne faut pas le regretter, dit-elle.

Il la prit par les épaules, rit.

— Regarde-moi. J'ai l'air malheureux ?

— Le reste... ça n'a pas d'importance.

— Je ne voudrais pas te faire trop de peine.

Elle ne répondit pas, réfléchit.

— Il faudra la vendre le mieux possible. Vous vous la partagerez. On n'en parlera plus.

— Si je l'avais je la jouerais en une nuit. Il vaut mieux la vendre.

— Oui, tu as raison.

On l'appelait. Il hésita, mais sa mère l'encouragea à partir. Dès qu'elle la vit seule, Marcelle se libéra de son danseur et arriva.

— J'ai été prendre l'air, dit-elle, je reviens, je n'ai fait qu'une danse.

La mère regardait danser son fils. Marcelle s'assit.

— Vous avez l'air très fatiguée tout d'un coup, dit-elle.

La mère ne répondit toujours pas. Marcelle, à son tour, regarda Jacques.

— Je ne sais pas pourquoi je suis tellement attachée à lui, dit-elle tout bas.

La mère était toujours au spectacle de son fils et Marcelle pensa qu'elle était sur le point de s'endormir. Elle en profita pour épancher son cœur, tout bas.

— Je crois même que je l'aime, dit-elle.

La mère, à ces mots, frémit.

— Hélas, murmura-t-elle.

— Lui non, lui ne m'aimera jamais.

Mais la mère était encore une fois repartie vers le spectacle de son enfant dansant.

— Il me le dit d'ailleurs. Jamais il ne m'aimera, jamais, jamais.

La mère revint à elle, l'examina les yeux vides.

— Il ne voulait pas aller à l'école, dit-elle, jamais.

— Quand même... jamais, jamais ?

La mère hocha la tête.

— Jamais. Tout vient de là. C'est comme ça que ça a commencé.

— Et pourquoi ?

La mère ouvrit ses mains et les étendit dans l'impuissance.

— Je ne le sais pas encore, je ne le saurai jamais.

Elles se turent un petit moment puis Marcelle revint à ses propres préoccupations.

— Si au moins il me laissait rester chez lui... je ne demande rien d'autre que ça, qu'il me laisse rester là.

— Il y a des enfants, les autres par exemple, qui font leur chemin tout seuls, on n'a pas besoin de s'en occuper. D'autres, rien à faire. Ils sont élevés pareil, ils sont du même sang, et voilà qu'ils sont si différents.

Marcelle se tut. La mère se souvint d'elle.

— Et il ne veut pas que vous restiez chez lui ?

— Il ne veut pas. Tous les deux jours il me met à la porte.

— C'est peut-être bien quand même votre métier, c'est peut-être qu'il y pense, qu'un homme ne peut pas l'oublier, je ne sais pas, moi... j'ai été la femme d'un seul homme toute ma vie, alors...

— Il ne fait aucun effort pour l'oublier, ce serait peut-être le contraire.

— Pas eu le temps, ajouta la mère, éperdue de vieillesse.

— Ce n'est pas tellement mon métier, c'est surtout que dès qu'il a une femme il en reluque une autre. Ça n'en finit plus.

— C'est la vie.

— C'est vrai, dit Marcelle après une hésitation.

— Et quand il vous chasse ?

— Je n'ai pas de domicile.

Marcelle se mit à pleurer à petits sanglots secs. La mère se tourna face à elle et la considéra des pieds à la tête, l'œil voilé par la fatigue et le champagne.

— Mademoiselle. Je vous dirais bien de venir chez moi, mais...

Marcelle sursauta, les mains en avant. La mère ne la regardait plus, elle frappa sur la table, les yeux baissés.

— Mais je suis trop fatiguée, déclara-t-elle.

Les larmes de Marcelle redoublèrent.

— Mais, madame...

— Il y a seulement, tenez, cinq ans, trois ans, je vous aurais dit : venez chez moi puisque vous êtes sans domicile. Maintenant non et non, je ne vous le dirai pas.

Elle considéra Marcelle encore une fois, en-

core une fois des pieds à la tête, avec les yeux de
la tentation.

— Non et non, cria-t-elle.

Le patron, derrière son bar, pensa : tiens ! elle
est ronde la mère à Jacquot. Il reprit un shaker
et la lorgna, un peu inquiet. Marcelle n'osait
souffler mot. Des larmes roulaient sur ses joues
fardées.

— C'est comme ça, reprit la mère en frappant
encore une fois sur la table, vous pourriez me
couper en morceaux... non et non, c'est fini.

Dans un élan, Marcelle se rapprocha d'elle.

— Madame.

La mère la repoussa d'un geste, s'encoléra
d'avoir encore à le faire.

— C'est possible, dit-elle. Mais c'est fini.

Elle prit la bouteille de champagne d'une main
tremblante, se servit en en renversant sur la nap-
pe. Marcelle n'y prit pas garde.

— Quand je repense à cette sale usine, toute
seule, avec ces quatre-vingts hommes dedans, libres, libres...

— Tous les deux jours. Et je reviens chaque
fois comme un chien, recommença Marcelle.

— Et cette maison, seule elle aussi, fermée à
clef, qui ne sert plus à rien... toute seule...

Marcelle se consola un peu de son propre sort.

— Vous aussi vous êtes drôlement seule dans
la vie, dit-elle.

Mais la mère était toute à ses pensées. Marcelle, tout en pleurant, prit le verre de Jacques et se servit de champagne à son tour. La mère tendit son verre machinalement et Marcelle lui en versa aussi.

— Aussi seule que moi, au fond. Ce n'est pas une raison parce que je fais ce que je fais, aussi seule que moi.

— Des journées entières dans les arbres comme s'il n'y avait au monde que ça, que les oiseaux...

Elle le considéra qui dansait de nouveau et elle vit qu'il s'inquiétait à cause d'elle. Cela la fit se désoler encore davantage.

— Et avec ça, pas même bon, ce que tout homme pourrait être, n'importe qui... même le plus paresseux... Il chasse cette petite tous les deux jours, comme ça, sans raison, simplement parce qu'il n'est pas bon.

Marcelle fit un geste de dénégation et la contredit prudemment.

— Je ne crois pas que ce soit ça, qu'il n'est pas bon, ce serait plutôt qu'il n'est pas tout à fait comme les autres peut-être...

La mère agita ses mains, elle savait bien de quoi il retournait.

— Ce n'était peut-être pas un enfant comme les autres, mais maintenant, regardez-le donc.

Elle le lui montra. Marcelle rit brusquement,

d'un bon rire assouvissant. La mère rit aussi et continua, toujours en le lui montrant :

— Personne n'est unique dans son genre, personne, ça n'existe pas... mais regardez-le, regardez-le donc...

C'est la fin, pensa encore une fois le fils.

— C'est vrai, fit Marcelle, convaincue, et tout comme si cela lui était une consolation suffisante.

Elles burent encore un peu de champagne. Puis des idées revinrent à la mère quant au sort de Marcelle.

— Voyez-vous, dit-elle, je pourrais être dix fois plus seule dans cette maison ou plutôt dans cette usine, eh bien, je ne vous dirais jamais de venir.

Marcelle prévint le danger.

— Il ne faut plus penser à ça, conseilla-t-elle avec beaucoup de douceur.

Mais la mère ne pouvait s'en retenir.

— C'est comme ça. Jamais. Voilà comme je suis devenue.

— Je vous en supplie. N'y pensez plus.

La mère s'encoléra encore.

— À l'article de la mort, seule comme un chien, je ne le dirai plus à personne.

Marcelle se remit à pleurer.

— Mais pourquoi, pourquoi tout le temps me répéter ça ?

La mère frappa encore sur la table.

— Alors comme ça je n'aurais pas le droit de me répéter ces choses ?

La danse cessa. Le fils ne prit pas le temps de raccompagner la cliente avec laquelle il dansait et vint vers sa mère. Il la saisit par les épaules.

— Faut plus boire, maman.

Il secoua Marcelle par le bras.

— Tu n'es pas folle de la laisser boire comme ça ?

La mère s'attrista, prit son fils à témoin.

— Je ne veux plus rien savoir, rien. Je me fais plaisir avec cette usine et on y trouve à redire ?

— Qui ? — Le fils s'irritait un peu.

— Marcelle, dit la mère en la désignant du doigt.

— J'en étais sûr. Pars tout de suite.

— Tout de suite, pleurnicha Marcelle.

Elle s'en alla. La mère ne s'en aperçut pas. Jacques s'assit en face d'elle.

— Je suis une femme heureuse ! cria la mère. — Quelques clients se retournèrent. — Je me fais plaisir avec cette usine. Si je suis là c'est pour la forme, parce que je me suis dit que mon devoir était de venir voir mon fils, tenter encore l'impossible... Rien de plus, le devoir, mais mon cœur est là-bas.

Elle essaya de se verser du champagne, mais le fils lui prit la bouteille des mains.

— Bois plus, maman.

La mère s'indigna, prit la salle à témoin, mais les cuivres puissants du jazz couvrirent sa voix.

— Neuf cents kilomètres pour venir... travaillé pour trois générations... pas le droit de boire ?

— Maman.

Il essaya de lui prendre la main, mais elle la lui refusa.

— Non et non ! cria-t-elle, assez.

Il lui servit un fond de champagne. Elle le but et en renversa quelques gouttes sur son corsage. Oh ! non, pensa-t-il, bouleversé. Il essuya vite avec son mouchoir. À ce geste, la colère de la mère tomba d'un seul coup.

— On te retrouvait dans les arbres, gémit-elle, à dénicher des nids...

— Maman.

Je veux qu'elle foute le camp, pensa-t-il, ce n'est plus possible, plus possible, plus possible.

— Des journées entières, jusqu'à la nuit...

Il prit la bouteille de champagne, lui en servit une rasade, mais cette fois elle n'en voulut pas.

— On va rentrer. Dans dix minutes on rentre. N'y pense plus.

— Des journées entières, tout en haut des branches, on t'appelait, on t'appelait, tu ne répondais pas. Des journées entières...

— Oui, dans les arbres, je m'en souviens moi aussi. Mais il ne faut plus y penser.

Du moment qu'il se souvenait, la mère se souvint d'autre chose et cessa de s'attrister tant.

— Remarque, ça ne me déplaisait pas dans un sens... Les autres travaillaient tellement. Que toi, tu sois dans les arbres, ça ne me déplaisait pas, ça me changeait, quoi...

— Et puis, dit le fils gentiment, les autres ont très bien réussi, il n'y a que moi en somme, un sur six...

Elle prit une expression d'insurmontable dégoût.

— Ne me parle pas d'eux, ah ! ne me parle surtout pas de ça...

— Quand même.

— Tu ne peux pas comprendre.

Marcelle, adossée à la porte du bar, guettait l'occasion de revenir vers eux, vers la mère, tout en s'essuyant les yeux. On vint l'inviter à danser. Elle suivit docilement. La mère l'aperçut et lui sourit.

— Alors je me suis dit : « De celui-là je ferai un commerçant. » J'aimais ça, le commerce. Et toi, tu aimais ça, le commerce ?

— Pour ça, je crois que oui.

Il était prêt à toutes les concessions.

— Tu vois, je le savais. Mais ça a raté. Je n'ai jamais pu l'acheter... Un restaurant, oui, à la bonne franquette... Tu vois ce que je veux dire ? Prix fixe, trois plats, pas plus, un menu, pas de

carte. Le lundi, un seul plat. Une bonne choucroute. Bien garnie. Bien chaude. Tu vois ?

Le fils se pencha et l'embrassa en souriant.

— Je vois. On va rentrer et on va manger la
nôtre, de choucroute. Ne t'en fais pas.

Deux Américaines étaient entrées. Il commençait à les reluquer. Elles n'étaient pas accompa-
gnées. La mère ne s'aperçut de rien, continua :

— La carte, c'est une erreur. Pourquoi tant et
tant de choses ? Y a-t-il tant de diversité dans les
goûts du monde ? Non, non. C'est une vieille
erreur, un préjugé. Tout le monde est d'accord
sur l'essentiel, il suffit de...

Son fils lui fit signe qu'il devait danser.

— Encore une fois, la dernière, après on part
— il s'en alla.

— Il suffit de bien faire les choses, honnête-
ment, tout le monde est d'accord.

Une fois ceci dit, d'un seul coup, elle sombra
dans le sommeil. Sa tête bascula et resta immobile, tombée, sur sa poitrine. Chacun la regarda
en souriant, attendri ou amusé. Le patron attendit que la danse se termine et appela le fils.

— Faut pas qu'elle dorme comme ça... Ma
maison, elle a l'air de quoi ?

Le fils pâlit, serra les poings.

— C'est les deux bouteilles de Moët qu'elle
t'a sifflées, en douce.

— Comprends-moi, — le patron essaya de sourire — comprends-moi, Jacquot...

— Je ne veux pas, figure-toi.

Il alla vers la mère et l'appela tout bas. Elle sursauta, regarda autour d'elle, étonnée.

— On va rentrer, viens, maman.

— Que l'on m'excuse, murmura-t-elle plaintivement, je viens de si loin.

Il l'aida à mettre sa veste. Le sommeil l'avait rendue frileuse.

— J'ai froid et j'ai faim tout le temps.

— En rentrant on mangera le reste de choucroute, tout le reste. Moi aussi j'ai faim.

— Oui.

Marcelle avait quitté son danseur. La colère de Jacques l'intimidait. Elle se tenait debout devant eux deux, attendant.

— Viens aussi, dit Jacques.

Ils allèrent se changer. Pendant leur courte absence, la mère lutta contre le sommeil, de toutes les forces qui lui restaient. Elle y arriva et fut décente. Quand ils revinrent, le patron accourut, la note à la main. La mère l'accueillit gentiment.

— Je m'excuse de m'être endormie, mais j'ai fait six heures de voyage pour venir voir mon fils.

— Hélas ! dit encore le patron.

Il tendit la note. La mère mit ses lunettes et la regarda. Éberluée, elle leva la tête vers le patron. Puis regarda encore la note. Ne sachant manifes-

tement pas quoi en penser, elle la tendit à son
fils pour qu'il la lui lise.

— Cinq mille francs, dit-il très ennuyé.

La mère reprit la note et la posa sur la table
d'un geste sûr, décidé, comme si elle ne voulait
plus en entendre parler. Le patron souriait,
comprenait mal. La mère enleva ses lunettes.

— Jamais. Je ne paierai pas.

Le patron cessa de sourire tout net. Le fils lui
fit un signe d'entente, cela s'arrangerait. Il se
pencha vers sa mère.

— Maman, dit-il tout bas, je vais t'expliquer...

Elle lui coupa la parole :

— Rien. Je ne paierai pas.

Elle était également sollicitée par la colère et
par le sommeil. Mais elle s'entêta dans la colère.

— Plutôt mourir.

— Cinq minutes, dit le fils au patron.

Il lui désigna discrètement de retourner au
bar. Le patron s'y rendit, digne, un peu énervé.
Si elle était pas si vieille, pensa-t-il, j'appellerais
les flics, elle les lâcherait vite. Il avait oublié sa
propre mère aussi totalement que s'il eût été or-
phelin. Tout le monde maintenant dans la salle
comprenait ce qui se passait. Le fils avait envie
de mourir. Mais ce genre d'ennuis laissait Marcelle indifférente.

— C'est le prix, continuait le fils tout bas, tu

peux te renseigner, j'ai l'habitude. Marcelle peut
te le dire aussi bien... Dis-lui, Marcelle.

— C'est les prix partout, dit Marcelle, qui saisit avec empressement cette occasion de revenir
dans les bonnes grâces de Jacques.

— C'est possible, mais ça m'est égal.

Le fils se désespéra. Je voudrais pouvoir me
tuer pour une chose pareille, là, à l'instant, pensa-t-il.

— Quand tu voudras, dit-il à la mère.

Il se rassit, fit signe à Marcelle d'en faire
autant.

— Jamais, dit la mère déjà faiblissante.

— Comme tu voudras, exactement comme tu
voudras.

Le patron les lorgnait, un sourire méchant sur
le visage, tout en reprenant son service au bar.
Le fils avait maintenant le secret espoir d'en rester là, au point de ce scandale suspendu. Tout
me donne envie de me tuer, pensa-t-il. Et cette
découverte lui donna une force inconnue. Mais
voilà que des larmes montèrent aux yeux de sa
mère.

— Cinq mille francs, cinq mille francs, gémit-
elle.

Elle va payer, pensa le fils. Ce nouvel espoir
l'écœura.

— On les donne, dit-il avec lassitude, et on
n'y pense plus. On ouvre son portefeuille, on

prend le billet, on le pose, et on l'emmerde.
Voilà.

— Hélas !

Les yeux pleins de larmes, la mère remit ses
lunettes. Je croyais qu'elle ne pleurait plus de
rien, pensa le fils avec amertume. Elle sortit un
gros portefeuille de son sac, prit un billet de cinq
mille francs et le considéra.

— Si tu veux, tu peux ne pas payer.

Elle regarda son fils, interdite, se fit enfantine.

— Et alors ? Qu'est-ce qui arriverait ?

— Rien.

Il ne quittait pas la salle des yeux, la tenait en
respect. La honte s'était tout à fait effacée de son
cœur. Il n'éprouvait plus rien que de la colère,
ne souhaitait plus rien que l'éclatement de l'ordre du monde. Le patron, du bar, suivait l'opé-
ration en cours. Une vieille salope, quoi, pensa-
t-il.

— On n'en a jamais fini, dit la mère, jamais.

Elle posa le billet sur la table. Le fils se leva
dans un déclic, Marcelle plus lentement. La
mère prit le temps de remettre son portefeuille
dans son sac, avec le plus de soin qu'elle pouvait
encore. Le patron revint vers eux, prit le billet
de cinq mille francs et salua la mère avec une
dignité offensée. La mère lui tendit la main, déjà
oublieuse de ce qui venait de se passer. Quand
ils furent sortis, elle s'en souvint de nouveau.

— C'est presque aussi cher qu'un matelas, c'est curieux.

— Des voleurs, dit le fils.

Ils rentrèrent en taxi. La mère alors se réveilla un peu de tant de fatigue. L'air frais de la nuit lui fit du bien. Elle regarda enfin Paris, s'étonna qu'il fût si désert, mais n'en dit rien. Ne dit rien jusqu'à l'arrivée. Le fils, lui, ce fut là, dans le taxi, qu'il le pensa tout à fait. Il me restait encore ce témoin de ma vie si lâche, pensa-t-il, il faut qu'elle meure, il le faut. Il savait bien ce que le silence de sa mère contenait et de quoi serait fécond son lent réveil. Aussi ne le brisa-t-il pas et l'observa-t-il à son tour jusqu'à chez lui. Elle ne s'aperçut pas qu'ils étaient arrivés.

— On est arrivés.

Elle paya docilement le taxi, acquise désormais à toutes les nécessités de ce voyage.

Marcelle fit immédiatement réchauffer le reste de choucroute. La mère s'assit dans un fauteuil sans même enlever sa veste. Ses yeux qu'on aurait pu croire fermés, disaient la volonté immobile, dérisoire, qui seule, parfois, émerge de l'effondrement de l'espoir. Au fond, elle est encore vivante, pensa le fils. Leur silence était aussi parfait que celui d'une veillée funèbre. Le fils aida Marcelle à mettre la table, leurs trois assiettes sur la table. Quand ce fut prêt, comme la mère ne bougeait toujours pas de sa chaise, clouée par son dernier espoir, il alla vers elle. Je ne peux plus rien pour ma mère, pensa-t-il, que de l'inviter à manger avant de mourir.

— Viens manger.

La mère le regarda, les yeux pleins d'effroi.

— Je voulais te dire quelque chose.

— Ce n'est pas la peine, viens.

Il la fit se lever et s'asseoir. L'envie de pleurer et le soulagement se disputèrent encore une fois son humeur.

La mère ne le quittait pas des yeux, doutait.

— Je ne peux pas faire autrement.

— Je sais, et je te comprends.

Marcelle, de les voir si unis, se mit à pleurer et, subitement, s'en alla à la cuisine.

— Qu'est-ce qu'elle a comme ça, à pleurer tout le temps ?

— Rien. Elle n'a pas connu sa mère. C'est tout.

La mère s'impatienta un peu.

— Mais elle exagère à la fin.

Le fils sourit tristement.

— Incurable, tu ne peux pas t'imaginer.

La mère sourit aussi. Sa décision était prise, et sa bonne humeur et son appétit revinrent d'un seul coup.

— Mademoiselle, appela-t-elle, faites-moi plaisir, venez manger un peu de choucroute avec nous.

Marcelle revint, souriante, tout en se mouchant.

— Il ne faut pas pleurer, dit la mère. On est tous là, vivants, en train de manger une bonne choucroute, et c'est ça le principal.

— C'est vrai, dit Marcelle.

— Le reste compte moins qu'on pourrait le croire, dit le fils.

Ils mangèrent la choucroute en silence. Elle était encore meilleure que le matin et après cette nuit de veille ils l'apprécièrent encore mieux.

— Rien de tel que la choucroute, dit la mère, un bon verre de vin blanc, et plus vous la faites cuire, meilleure elle est...

— Je m'en souviendrai toute ma vie, dit Marcelle dans un élan.

La mère attaqua une saucisse de Francfort avec force moutarde. Le fils la regardait la manger, presque oublieux de manger lui-même. C'est la fin, pensa-t-il encore. Il crut comprendre que l'amour qu'elle avait eu de ses enfants allait peut-être enfin se retirer de sa vie. Mais l'appétit restait aux hommes jusqu'au bout.

— Et puis, il ne faut pas pleurer comme ça, dit la mère.

— Incurable, dit le fils gentiment. Parfois, un chien qui passe, et elle fond.

— On ne se refait pas, dit Marcelle un peu confuse.

Elle mangea elle aussi et ses larmes, de ce fait, s'en trouvèrent taries. Son appétit était tel que Jacques s'en aperçut.

— Qu'est-ce que tu t'es mis dans la journée, quand même, lui dit-il.

— Pour une fois. — Marcelle rougit.

— Laisse-la donc manger à la fin, dit la mère. Mademoiselle, mangez. Et tant que vous pourrez. À votre place, moi, je le ferais exprès.

Et ils se mirent à rire tous les trois, le fils aussi, presque de bon cœur.

— Ah ! les joies de la choucroute, s'écria la mère, on en parle aisément sans les connaître ! Une bonne choucroute... à soixante-quinze ans passés... deux guerres... quand j'y pense... En plus de tout le reste... six maternités... je me demande encore comment j'y suis arrivée... comment je ne les ai pas tous tués... ah ! là, là ! quel malheur... une goutte de beaujolais, s'il vous plaît.

Elle mâchait joyeusement la saucisse, tout en parlant. Le fils recommença à s'intéresser à elle plutôt qu'à Marcelle.

— Maman, dit-il, prévenant un danger.

— Pas de ça, pas de sentiments.

Elle balaya l'air devant elle. Ses bracelets cliquetèrent.

— Ce n'est pas ça, maman...

— On ne boit donc pas ?

Marcelle alla à la cuisine pour chercher la bouteille de beaujolais restée de midi.

— Il n'y a donc pas de choucroute où tu es ?

Il n'y en avait pas. Le fils se rassura un peu.
Marcelle revint et il servit le beaujolais assez
équitablement dans les trois verres. Une question l'embarrassait. Il la retint le temps que la
mère mit à finir sa saucisse, puis il la dit comme
une formalité.

— Et les autres ?

La mère redevint pensive.

— C'est vrai, se souvint-elle.

Ils cherchèrent ensemble comment y parer.

— Tu leur expliqueras que je suis devenue
comme ça, comme... ça me plaît, dit finalement
la mère.

— C'est difficile d'expliquer cela précisément, dit le fils. Je dirai qu'un télégramme t'a
rappelée.

— Ces gens qui ont réussi, dit la mère avec
lassitude... on n'a rien à voir avec eux. Et puis
enfin, ça leur apprendra à me juger.

— Une mère c'est une mère, dit Marcelle.

— Des idées, je vous demande un peu, des
idées sur leur mère...

— Je sais bien que moi, dit Marcelle, si j'en
avais une...

Comme elle menaçait de recommencer à pleurer, Jacques lui coupa la parole.

— Comme tu veux, dit-il à la mère, je m'en arrangerai.

La mère dit qu'elle avait froid et, geignant comme s'il se fût agi là d'une corvée, elle dit :

— Il faudra penser à téléphoner pour cet avion.

— Quand ?

— Demain.

— Bon. Je descends, dit le fils après une hésitation.

Marcelle fondit en larmes.

— Ah ! je n'avais pas compris.

Jacques haussa les épaules, se leva de table et descendit téléphoner.

— Je n'avais pas compris, recommença Marcelle, j'espérais que vous resteriez au moins trois jours...

— Impossible.

— Mais pourquoi ? pourquoi demain ? Vous disiez un mois...

— Tout. Je ne peux pas faire autrement. Si je reste... je vais mourir.

— Mourir ?

— Oui.

Son ton était sans appel. Marcelle le comprit, n'insista pas, commença à desservir tout en pleurant. La mère l'examinait comme un moment avant dans la boîte gentille.

— Il ne faut pas pleurer comme ça tout le

temps, lui dit-elle, il faut vous retenir un peu.
J'ai beaucoup pleuré dans ma vie... enfin je veux
dire, au moins comme tout le monde... ça ne sert
à rien. Ça ne fait même pas le bien qu'on dit.

— Oui, madame. — Marcelle sanglota.

— Il faut oublier ça, que vous auriez pu avoir
une mère, enfin, je veux dire, essayer de l'oublier. On ne peut pas vivre comme ça, à quoi ça
ressemble ? dans le regret de ne pas avoir eu de
mère. Ce n'est pas normal.

— C'est de vous avoir vue, madame. — Marcelle sanglota encore.

La mère la considéra encore, qui pleurait,
grande et forte, et qui pleurait encore, encore
une fois avec les yeux de la tentation.

— Et puis, vous êtes trop grande maintenant
pour avoir des regrets pareils, dit-elle comme à
une enfant.

— Je le sais, dit Marcelle, mais je n'y peux
rien.

La voix de la mère se fit lointaine.

— Je ne vous dis pas que ce n'est pas triste,
non, de ne pas avoir eu de mère, mais enfin... il
y a tellement de choses plus tristes, tellement, si
vous saviez. Un jour vous le saurez.

— Oui, madame.

— Je veux dire que vous connaîtrez le bonheur... oui et... le désespoir de l'apprendre.

— Oui, madame.

— Que je l'espère pour vous, mon petit.

Et sur le ton détaché d'une conversation ordinaire, la mère ajouta :

— Si je pars, voyez-vous, c'est parce que ça
ne ressemble à rien que je sois ici... à rien du
tout.

— Ne dites pas ça, supplia Marcelle.

— Mais si. Ça ne ressemble à rien. D'avoir eu
des enfants, ça ne ressemble à rien, ça ne signifie
rien. Rien. Vous ne pouvez pas imaginer à quel
point, à vous donner le vertige. Je ne dis pas de
les avoir... mais de les avoir eus...

Marcelle s'enfuit à la cuisine sous le poids de
telles paroles.

— À rien, continua la mère toute seule. Si je
restais il ne pourrait que me tuer, le pauvre petit.
Et moi, je ne pourrais que le comprendre.

Elle oublia, eut soif, rappela Marcelle.

— Voilà que j'ai encore soif, gémit-elle, je
voudrais de l'eau.

Marcelle lui apporta un verre d'eau et elle le
but d'un trait. Puis elle attendit, hébétée, le retour de son fils. Marcelle s'en alla pleurer loin
d'elle, encore à la cuisine. Restée seule, elle oublia son existence, considéra longuement la pièce
où elle se trouvait, où vivait son enfant. Elle
l'avait mal vue dans la journée. Elle la considéra
de tous côtés avec un étonnement profond.
C'était un spectacle dont elle savait qu'elle ne

reviendrait jamais. La maternité l'étonnait encore, l'étonnerait toujours. Mais à cet étonnement
même, si vain, elle était faite aussi. L'ennui la
saisit, et le sommeil. Elle se leva, passa devant
la cuisine où Marcelle était assise, seule, sous la
lampe, en train de pleurer. Elle s'arrêta une seconde. Elles se considérèrent.

— Vous pourriez peut-être changer de métier,
dit la mère.

— C'est trop tard, madame. — Marcelle cessa de pleurer.

La mère réfléchit, les yeux baissés.

— Vous êtes sûre ?

— Il n'y a pas d'exemple.

— Je ne peux rien pour vous. Ni pour vous ni
pour personne. Je le regrette beaucoup. Je suis
trop fatiguée.

Elle s'en alla dans sa chambre.

Lorsque le fils revint, Marcelle était encore
dans la cuisine. Elle avait les yeux rouges mais
elle ne pleurait plus. Il s'en alla dans la salle à
manger, loin d'elle, s'allongea sur le divan. Sa
mère devait dormir. Il n'était pas plus de quatre
heures et la nuit est longue à ceux qui n'ont pas
l'habitude de lui consacrer leur sommeil. À cause de la mère ils avaient quitté la boîte bien plus
tôt que d'habitude.

Le fils était donc désœuvré cette nuit-là. Marcelle arriva.

— Va-t'en, dit-il, va-t'en.

— Mais je ne pleure plus, dit Marcelle. J'ai sommeil.

— Demain tu partiras. Cette fois, c'est sûr.

Elle se déshabilla, défit le divan. Le fils se leva sans protester.

— Passé une certaine heure, dit-il, le sommeil me quitte aussi complètement que si désormais je pouvais m'en passer.

— C'est peut-être de trop aimer la vie, dit Marcelle gentiment.

Ils ne se dirent plus rien. Le fils tourna en rond dans la pièce. De la chambre de la mère il ne venait aucun bruit.

— Elle dort, dit-il tout bas. C'est sûr, elle dort.

— Tant de fatigue... à son âge, murmura Marcelle à demi dans le sommeil.

Elle s'endormit à son tour. Et faute d'autre spectacle, d'autre chose, à cette heure-là de la nuit, il la regarda chavirer, s'engluer dans l'oubli. Bientôt sa respiration s'éleva, impudente, et son sommeil troubla, vulgaire et coutumier, la sauvage solitude de son éveil à lui. Il alla à la fenêtre, l'ouvrit, respira la noire fraîcheur de la rue. Il n'était que quatre heures. Il disposait d'environ trois heures de liberté avant le réveil de sa mère. Il referma la fenêtre, se rassit, prit son portefeuille, l'ouvrit, compta, le referma. Il n'avait pas assez d'argent. Il essaya d'oublier, de fumer, n'eut le goût de tirer que deux bouffées de sa cigarette, l'éteignit et, tout à coup, pleura. De toutes ses forces il essaya de parer le coup mais n'y parvint pas. Les pleurs sortirent de lui, irrépressibles, le secouant tout entier. Marcelle ne broncha pas. De la chambre de la mère non plus, l'alarme de son malheur n'arriva pas à déranger le silence. Il pleura, les mains sur la bouche pour ne pas être entendu. Et il ne le fut pas. Son chagrin avait la jeunesse de ceux des désirs contrariés de l'enfance et c'est pourquoi il était extrême et submergeait sa raison. Tout en pleurant il alla à la cuisine, s'y enferma, se lava longuement la figure à l'eau froide de l'évier. Cela le calma. De l'enfance, il avait aussi l'humilité, dont rien jusque-là ne l'avait encore relevé : on pouvait être malheureux à partir de rien, pensait-il, de rien. La chambre de sa mère était toujours éteinte, calme. Morte ou endormie était sa mère, celle de son guet inlassable des oiseaux dans les branches des arbres, des journées entières. Il retourna dans la salle à manger. Les oiseaux vous menaient loin, jusqu'aux nuits désertiques de la vie qu'il avait choisie. Il ne pleurait plus, mais à la place de son cœur une pierre dure et noire battait. Le sommeil de Marcelle s'exhalait toujours, charnel, dans son malheur de pierre. Demain, à la porte, à la porte, pensa-t-il, maintenant je serai seul. Il s'approcha de la cheminée, se regarda dans la glace. Il ne savait quoi faire de son corps. Son impatience était tombée, mais de désespoir il ne pouvait se supporter que debout. Il ne disposait même pas du recours d'un ennemi : sa mère dormait, innocentée, dans le sommeil du vin. Il ne savait donc que faire de lui-même cette nuit-là lorsqu'il aperçut, sur la cheminée, les dix-sept bracelets d'or que sa mère avait oubliés après le dîner, avait oubliés d'avoir trop bu, et d'être trop vieille, et de l'avoir trop aimé. Il se rassit. Se releva, les regarda encore, inutiles. Puis se rassit encore. Puis regarda sa montre. Puis, se décida. Prit deux des dix-sept bracelets, les mit dans sa poche et attendit un moment, le temps nécessaire de savoir ce qu'il venait de faire ou tout au moins de le nommer. Il n'y arriva pas. Peut-être que c'était ce qu'il aurait fait de pire depuis sa naissance. Mais encore, il n'en était pas sûr. D'autant moins qu'une justification aux contours lointains se faisait jour en son âme. C'est ma mère, pensa-t-il, c'est ma mère, et je suis très malheureux, et c'est ma mère faite pour comprendre mon malheur, et elle a raison, et nous sommes tous pareils, même les meilleurs que moi. Il sortit doucement de l'appartement, l'or dans sa poche, prit le chemin de Montparnasse.

— Volés, oui, mais à ma mère, soixante-dix-huit ans, oui, aucune inquiétude à avoir, dit-il à celui des garçons du cercle de jeu qui s'occupait de ce genre de trafic.

— Je ne te demandais rien. Pourquoi le dire ?

— Je suis comme ça. Tout, mais pas menteur.

Le garçon lui donna ce qu'il désirait sur les deux bracelets. Et il pénétra dans la verte prairie des tapis verts, riant, oublieux de son crime, les dieux pour lui.

La mère se réveilla peu après son départ et, une fois de plus, fit irruption dans la salle à manger, réveilla Marcelle.

— Hélas ! gémit-elle, me voilà encore une fois réveillée et ne sachant plus où je me trouve.

Marcelle alluma. La mère vit l'absence de son fils, regarda le lit, étonnée.

— Vous vous souvenez, dit Marcelle, il est descendu téléphoner pour l'avion.

— Et il n'est pas encore revenu, se plaignit la mère. Voilà, mademoiselle, que j'ai encore soif.

Marcelle se leva aussitôt, alla lui chercher de l'eau. Elle but, se releva péniblement du fauteuil où elle était assise, alla vers la cheminée.

— Mais quelle heure est-il donc ? s'inquiéta-t-elle. Les nuits deviennent si longues, si longues pour moi.

Elle prit les bracelets un à un, les compta. Marcelle la suivit des yeux, compta avec elle. Elle poussa un cri étouffé, brisé, puis elle se ras-

sit dans un fauteuil, les bijoux en vrac dans sa
chemise de nuit.

— Hélas ! murmura-t-elle.

Marcelle attendit un peu, immobile, silencieu-
se. Puis, sans bouger du divan, elle lui dit :

— Quand même, vous devriez essayer de dormir encore.

La mère regarda les bijoux dans le pan de sa
chemise, et elle frémit.

— Oui, au fond, dit-elle, je devrais essayer.
Mais voyez-vous, passé une certaine heure de la
nuit, c'est curieux, le sommeil me quitte complètement...

— Comme votre fils. Marcelle sourit.

La mère ferma les yeux.

— Mon fils, dit-elle, mon fils.

— Oui.

Elle se leva, remit les bijoux sur la cheminée,
mais alors sans précaution aucune, comme elle
aurait fait de choses sans valeur. Puis, une dernière fois, elle examina cette pièce au lit défait,
cette femme, ce décor pitoyable où se déroulait
l'existence de son enfant. Et, sans doute, une fois
de plus, l'étonnement l'emporta sur sa douleur.

— Il va revenir, dit Marcelle, ne vous inquié-
tez pas. Il est comme ça, on croit qu'il ne va
jamais revenir, mais il revient.

— Je sais, dit la mère — calme — je sais. À
dix-huit ans, déjà c'était pareil, je sais qu'il re-

vient. Rassurez-vous, mademoiselle, je le sais.
Rien de lui ne peut tout à fait m'étonner... en
somme, voyez-vous, c'est cela, aussi, retrouver
son enfant...

Elle retourna dans sa chambre, se coucha,
éteignit. Marcelle fit de même de son côté. Elles
restèrent toutes deux éveillées dans l'attente de
son retour.

Il rentra à l'aube, léger et libre, nu comme un
ver, adulte, enfin rendu — cette nuit-là — à la
fatigue des hommes.

— Elle est venue, lui dit Marcelle, elle a
compté ses bracelets.

Il ne lui répondit pas, n'eut rien à lui répondre, s'assit à côté d'elle sur le divan.

— Tu as perdu, dit-elle tout bas.

Il fit signe que oui, tout. Elle le regarda longuement et devant ses cheveux gris aux tempes,
sa forme d'homme fait et fort, ses mains crimi-
nelles, elle était ainsi faite que son cœur se gonfla
d'une bonté désolée.

— Elle s'est recouchée, dit-elle, viens dormir.

Il leva les yeux vers elle, fut surpris de tant de
douceur, mais le temps de l'apercevoir.

— C'est ma mère, dit-il enfin.

Il se leva. Après ces nuits-là, après chacune
d'entre elles il croyait avoir enfin atteint la fatigue mortelle réservée aux héros de son genre. Il
le crut encore. Pourtant il lui fallait aller voir sa

mère. La dernière fois, pensa-t-il. Elle l'attendait toujours et toujours comme toute sa vie. Sa chemise de nuit trop large, en coton, était faite comme autrefois, du temps de la misère, et sa petite natte blanche reposait à moitié défaite sur l'oreiller. L'aurore avait éclaté sur la ville. Elle souriait dans sa lumière.

— C'est fait, dit-il — il s'assit sur le lit —, tu peux dormir tranquille.

— Merci, mon petit. À quelle heure ?

— Midi dix.

Il prit une cigarette et la fuma. Il n'osait pas regarder du côté du lit. Pourtant une grande paix régnait dans la chambre.

— Pourquoi demain ? demanda-t-il enfin.

— Pourquoi pas ?

Il serra les poings, envoya les cendres de sa cigarette, loin, devant lui.

— C'est vrai.

— Je voudrais que tu me comprennes. Mon petit, comprends-moi.

— Je comprends, maman.

Il jeta sa cigarette, s'affala sur le lit aux pieds de sa mère, la tête enfouie dans ses bras.

— Je ne peux pas travailler. Je... ne veux pas travailler, je ne veux pas travailler.

La mère souriait toujours.

— Mon petit enfant.

Elle ne pleurait plus, non, mais des larmes, cependant, coulaient à travers son sourire.

— Je le comprends, dit-elle. Je voulais te dire aussi ceci... c'est que dans un sens, tu vois, j'aime mieux que tu ne viennes pas... que je suis fière de toi... Oui, c'est ça, que moi aussi je suis fière de toi... que tu ne viennes pas.

— Tais-toi, maman.

Elle joignit ses petites mains. Qu'elle meure, mais qu'elle meure, pensa le fils.

— Si tu savais, dit-elle, les autres... elles sont fières des leurs, et quand ils viennent les voir, qu'est-ce qu'on voit ? Des bourgeois, des veaux, trop nourris, et bêtes, et qui ne savent rien... Non, mon petit, je suis fière que tu sois comme ça, encore, à ton âge... maigre comme un chat... mon petit...

Un sanglot la secoua. Le fils se dressa. Elle souriait toujours.

— Tais-toi, cria-t-il.

Il lui prit la main. Le sanglot s'éteignit et la voix redevint celle d'une douce lamentation enfantine.

— C'est une autre fierté que je suis seule à comprendre. Et c'est seulement de ça que je souffre, mon petit, c'est tout, d'être seule à la comprendre et de penser que je vais mourir et que personne, après moi, ne l'aura.

Le fils s'était recouché sur le lit. J'ai peur, j'ai peur de moi, pensa-t-il.

— Dors, maman, je t'en supplie.

— Oui, mon petit, je vais dormir.

Marcelle, dans la cuisine, les écoutait. Elle n'osait venir. Elle trouvait ces gens malheureux. Elle avait enfin recommencé à pleurer, sur le sort de la mère.

# LE BOA

Cela se passait dans une grande ville d'une colonie française, vers 1928.

Le dimanche après-midi, les autres filles de la pension Barbet sortaient. Elles, elles avaient des « correspondantes » en ville. Elles revenaient le soir gorgées de cinéma, de goûters à « La Pagode », de piscine, de promenades en automobile, de parties de tennis.

Pas de correspondante pour moi. Je restais avec Mlle Barbet toute la semaine et le dimanche.

On allait au Jardin Botanique. Ça ne coûtait rien, ça permettait à la Barbet de compter à ma mère des suppléments au titre des « sorties du dimanche ».

On allait donc voir le boa gober son poulet du dimanche. En semaine, le boa la sautait. Il n'avait que de la viande morte, ou des poulets malades. Mais le dimanche il avait son poulet bien vivant, parce que les gens préféraient ça.

On allait aussi voir les caïmans. Un caïman, il y avait vingt ans de cela, un grand-oncle ou peut-être le père de l'un de ceux qui étaient là en 1928, avait sectionné la jambe d'un soldat de la coloniale. Il l'avait sectionnée à la hauteur de l'aine et avait ainsi brisé la carrière de ce pauvre soldat, lequel avait voulu jouer à lui chatouiller, de sa jambe, la gueule, ignorant que le crocodile, quand il joue, joue sec. Depuis ce temps-là, on avait dressé une grille autour de la mare aux caïmans et on pouvait maintenant les regarder en toute sécurité dormir les yeux mi-clos et rêver puissamment à leurs crimes anciens.

On allait aussi voir les gibbons masturbateurs, ou les panthères noires des marécages palétuviens qui se mouraient de sécheresse sur un sol de ciment et qui, à travers les grilles de fer, s'interdisant de jamais regarder le visage de l'homme qui se délecte sadiquement de son horrible souffrance, fixaient les vertes embouchures des fleuves asiatiques pullulantes de singes.

Quand on arrivait trop tard, on trouvait le boa déjà somnolant dans un lit de plumes de poulet. On restait tout de même devant sa cage un bon moment. Il n'y avait plus rien à voir, mais on savait ce qui s'était passé il y avait un instant, et chacun se tenait devant le boa, lourd de pensées. Cette paix après ce meurtre. Ce crime impeccable, consommé dans la neige tiède de ces plumes, qui ajoutaient à l'innocence du poulet une réalité fascinante. Ce crime sans tache, sans trace de sang versé, sans remords. Cet ordre après la catastrophe, la paix dans la chambre du crime.

Enroulé sur lui-même, noir, luisant d'une rosée plus pure que celle du matin sur l'aubépine, d'une forme admirable, d'une rondeur rebondie, tendre et musclée, colonne de marbre noir qui tout à coup chavirerait d'une lassitude millénaire et s'enroulerait enfin sur elle-même tout à coup dédaigneuse de cette pesante fierté, d'une lenteur ondulante, toute parcourue des frémissements de la puissance contenue, le boa s'intégrait ce poulet au cours d'une digestion d'une aisance souveraine, aussi parfaite que l'absorption de l'eau par les sables brûlants du désert, transsubstantiation accomplie dans un calme sacré. Dans ce formidable silence intérieur, le poulet devenait serpent. Avec un bonheur à vous donner le vertige, la chair du bipède se coulait dans celle du reptile, dans le long tuyau uniforme. Forme à elle seule confondante, ronde et sans prise visible sur l'extérieur, et cependant plus préhensive que nulle serre, main, griffe, corne ou croc, mais cependant encore nue comme l'eau et comme rien dans la multitude des espèces n'est nu.

La Barbet était, de par son âge et sa virginité très avancée, indifférente au boa. Personnellement il me faisait un effet considérable. C'était un spectacle qui me rendait songeuse, qui aurait pu me faire remonter, si j'avais été douée d'un esprit plus vif et plus nourri, d'une âme plus scrupuleuse, d'un cœur plus avenant et plus grand, jusqu'à la redécouverte d'un Dieu créateur et d'un partage absolu du monde entre les forces mauvaises et les bonnes puissances, toutes deux éternelles, et au conflit desquelles toute chose devait son origine ; ou, à l'inverse, jusqu'à la révolte contre le discrédit dans lequel on tient le crime et contre le crédit que l'on confère à l'innocence.

★

Lorsque nous rentrions à la pension, toujours trop tôt à mon gré, une tasse de thé et une banane nous attendaient dans la chambre de la Barbet. Nous mangions en silence. Je remontais ensuite dans ma chambre. Ce n'était qu'au bout d'un moment que la Barbet m'appelait. Je ne répondais pas tout de suite. Elle insistait :

— Viens voir un peu...

Je me décidais. Elle serait plutôt venue me chercher. Je retournais dans la chambre de la Barbet. Je la trouvais toujours au même endroit, devant sa fenêtre, souriante, en combinaison rose, les épaules nues. Je me postais devant elle et je la regardais comme je devais le faire, comme il était entendu que je devais le faire chaque dimanche après qu'elle avait bien voulu m'emmener voir le boa.

— Tu vois, me disait Mlle Barbet d'une voix douce, ça, c'est du beau linge...

— Je vois, disais-je, c'est bien ça, du beau linge, je vois...

— Je l'ai achetée hier. J'aime le beau linge, soupirait-elle, plus je vais, plus je l'aime...

Elle se tenait bien droite pour que je l'admire, baissant les yeux sur elle-même, amoureusement. À moitié nue. Elle ne s'était jamais montrée ainsi à personne dans sa vie, qu'à moi. C'était trop tard. À soixante-quinze ans passés elle ne se montrerait plus jamais à personne d'autre qu'à moi. Elle ne se montrait qu'à moi dans toute la maison, et toujours le dimanche après-midi, quand toutes les autres pensionnaires étaient sorties et après la visite au Zoo. Il fallait que je la regarde le temps qu'elle décidait.

— Ce que je peux aimer ça, disait-elle. J'aimerais mieux me passer de manger...

Il se dégageait du corps de Mlle Barbet une terrible odeur. On ne pouvait s'y tromper. La première fois qu'elle se montra à moi je compris enfin le secret de cette mauvaise odeur, je la reconnus, qui flottait dans la maison, odeur sous-jacente au parfum d'œillet dont elle s'inondait et qui se dégageait des armoires, qui se mêlait à la moiteur de la salle de bains, qui stagnait, lourde, vieille de vingt ans, dans les vestibules intérieurs de la pension, et, à l'heure de la sieste, se dégageait comme par vannes ouvertes du corsage de dentelle noire de Mlle Barbet, qui régulièrement s'endormait au salon après le déjeuner.

— Le beau linge, c'est important. Apprends cela. Je l'ai appris trop tard.

Je comprenais dès la première fois. Toute la maison sentait la mort. La virginité séculaire de Mlle Barbet.

— À qui montrerais-je mon linge sinon à toi ? à toi qui me comprends ?

— Je comprends.

— C'est trop tard, gémissait-elle.

Je ne répondais pas. Elle attendait une minute mais à cela je ne pouvais répondre.

— J'ai perdu ma vie — elle attendait un temps et ajoutait — il n'est jamais venu...

Ce manque la dévorait, ce manque de celui qui n'était jamais venu. La combinaison rose, incrustée de dentelles « sans prix » la recouvrait comme un linceul, la gonflait comme une bouille, étranglée en son milieu par le corset. J'étais la seule à qui elle exposait ce corps consumé. Les autres l'auraient dit à leurs parents. Moi, même si je l'avais dit à ma mère, ça n'aurait eu aucune importance. Mlle Barbet m'avait acceptée par fa-

veur dans sa maison parce que ma mère avait
beaucoup insisté. Personne d'autre dans la ville
n'aurait accepté de prendre chez elle la fille
d'une institutrice d'école indigène, de crainte de
déconsidérer sa maison. Mlle Barbet avait sa
bonté. Nous en étions complices elle et moi. Je
ne disais rien. Elle ne disait pas que ma mère
mettait une robe deux ans, qu'elle portait des
bas de coton, et que pour payer mes mensualités
elle vendait ses bijoux. Ainsi, comme on ne
voyait jamais ma mère et que je ne parlais pas de
mon emploi du temps du dimanche — des sorties gratuites et facturées du dimanche, que je
ne m'étais jamais plainte, j'étais très bien vue de
Mlle Barbet.

— Heureusement que tu es là...

Je m'empêchais de respirer. Pourtant elle avait
sa bonté. Et dans toute la ville sa réputation
s'étalait, parfaite, aussi virginale que sa vie. Je
me le disais bien, et qu'elle était vieille. Mais cela
n'y faisait rien. Je m'empêchais de respirer.

— Quelle existence !... soupirait-elle.

Pour en finir je lui disais qu'elle était riche,
qu'elle avait du beau linge et que le reste, ça
n'avait peut-être pas l'importance qu'elle croyait
désormais, qu'on ne pouvait pas vivre dans le
regret... Elle ne me répondait pas, soupirait profondément et remettait son corsage de dentelle
noire qui témoignait toute la semaine de son ho-

norabilité. Ses gestes étaient lents. Lorsqu'elle
boutonnait les manches de son corsage je savais
que c'était fini. Que j'en avais pour une semaine
de tranquillité.

Je rentrais dans ma chambre. Je me mettais
à la terrasse. Je respirais. J'étais dans une sorte
d'enthousiasme négatif que provoquait inévita-
blement en moi la succession des deux spectacles, la visite au Zoo et la contemplation de
Mlle Barbet.

La rue était pleine de soleil et les tamariniers
aux ombres géantes jetaient dans les maisons de
grandes gerbes d'odeur verte. Des soldats de la
coloniale passaient. Je leur souriais dans l'espoir
que l'un d'eux me ferait signe de descendre et
me dirait de le suivre. Je restais là longtemps.
Parfois un soldat me souriait, mais aucun ne me
faisait signe.

Quand le soir était venu, je rentrais dans la
maison infectée de la puanteur du regret. C'était
terrible. Aucun homme ne m'avait encore fait signe. C'était terrible. J'avais treize ans, je croyais
que c'était déjà tard pour ne pas encore sortir de
là. Une fois dans ma chambre, je m'y enfermais,
je retirais mon corsage et je me regardais devant
la glace. Mes seins étaient propres, blancs.
C'était la seule chose de mon existence qui me
faisait plaisir à voir dans cette maison. En dehors
de la maison, il y avait le boa, ici, il y avait mes

seins. Je pleurais. Je pensais au corps de maman qui avait tellement servi, auquel avaient bu qua-tre enfants et qui sentait la vanille comme ma-man tout entière dans ses robes rapiécées. À ma-man qui me disait qu'elle préférait mourir plutôt que de me voir avoir une enfance aussi terrible que la sienne, que pour trouver un mari il fallait avoir fait des études, savoir le piano, une langue étrangère, savoir se tenir dans un salon, que la Barbet était mieux indiquée qu'elle pour m'ap-prendre ces choses. Je croyais ma mère.

Je dînais en face de la Barbet et je montais dans ma chambre rapidement pour ne pas assis-ter au retour des autres pensionnaires. Je pensais au télégramme que j'enverrais le lendemain à maman pour lui dire que je l'aimais. Cependant je n'envoyais jamais ce télégramme.

Je restai donc chez la Barbet deux ans, moyen-nant le quart de solde de ma mère et la contem-plation hebdomadaire de sa virginité septuagé-naire, jusqu'au jour merveilleux où, se trouvant dans l'impossibilité de continuer à faire face à ses mensualités, ma mère, désespérée, vint me chercher, certaine que du fait de mon éducation interrompue, je lui resterais sur les bras jusqu'à la fin de sa vie.

Cela dura deux ans. Chaque dimanche. Pen-dant deux ans, une fois par semaine, il me fut donné d'être la spectatrice d'abord d'une dévo-

ration violente, aux stades et aux contours
éblouissants de précision, ensuite d'une autre
dévoration, celle-là lente, informe, noire. Cela,
de treize à quinze ans. J'étais donc tenue d'assis-
ter aux deux, sous peine de ne pas recevoir
d'éducation suffisante, de « faire mon malheur et
celui de ma pauvre mère », de ne pas trouver de
mari, etc...

Le boa dévorait et digérait le poulet, le regret
dévorait et digérait de même la Barbet, et ces
deux dévorations qui se succédaient régulièrement prenaient chacune à mes yeux une significa-
tion nouvelle, en raison même de leur succession constante. N'aurais-je eu en spectacle que
la première seule, celle du poulet par le boa,
peut-être aurais-je gardé toujours à l'égard du
boa une rancune horrifiée pour les affres qu'il
m'avait fait endurer, par l'imagination, en lieu et
place du poulet. C'est possible. N'aurais-je, de
même, vu que la Barbet seule, sans doute se se-
rait-elle bornée à me donner, outre l'intuition
des calamités qui pèsent sur l'espèce humaine,
celle, aussi inéluctable, d'un déséquilibre de l'ordre social et des multiples formes de sujétion qui
en découlent. Mais non, je les voyais, à de rares
exceptions près, l'un après l'autre, le même jour,
et toujours dans le même ordre. À cause de cette
succession, la vue de Mlle Barbet me rejetait au
souvenir du boa, du beau boa qui, en pleine lu-

mière, en pleine santé, dévorait le poulet, et qui,
par opposition, prenait place alors dans un ordre
rayonnant de simplicité lumineuse et de gran-
deur native. De même que Mlle Barbet, après
que j'avais vu le boa, devenait l'horreur par excellence, noire et avare, sournoise, souterraine
— car on ne *voyait* pas se faire la dévoration de
sa virginité, on en voyait seulement les effets,
on en sentait l'odeur — l'horreur méchante, hy-
pocrite et timide, et par-dessus tout, vaine.
Comment serais-je restée indifférente à la succession de ces deux spectacles à la liaison des-
quels, en vertu de je ne sais quel sort, je me tenais, pantelante de désespoir de ne pouvoir fuir
le monde fermé de Mlle Barbet, monstre nocturne, sans pouvoir rejoindre celui qu'obscurément,
grâce au boa, monstre du jour, lui, je pressen-
tais ? Je me l'imaginais, ce monde, s'étendre libre
et dur, je me le préfigurais comme une sorte de
très grand jardin botanique où, dans la fraîcheur des jets d'eau et des bassins, à l'ombre
dense des tamariniers alternant avec des flaques
d'intense lumière, s'accomplissaient d'innom-
brables échanges charnels sous la forme de dévorations, de digestions, d'accouplements à la fois
orgiaques et tranquilles, de cette tranquillité des
choses de dessous le soleil et de dedans la lumière, sereines et chancelantes d'une ivresse de simplicité. Et je me tenais sur mon balcon, je me

tenais au confluent de ces deux morales extrêmes et je souriais à ces soldats de la coloniale qui
étaient les seuls hommes qu'il y ait toujours eu
autour de la cage du boa parce que ça ne leur
coûtait rien à eux non plus qui n'avaient rien
eux non plus. Je souriais donc, comme s'essaye
à voler l'oiseau, sans savoir, croyant que c'était
là la manière qu'il convenait de prendre afin de
rejoindre le vert paradis du boa criminel. C'est
ainsi que le boa, qui m'effrayait aussi, me rendait
cependant, et lui seul, la hardiesse et l'impudeur.

Il intervenait dans ma vie avec la force d'un
principe éducateur régulièrement appliqué ou, si
l'on veut, avec la justesse déterminante d'un dia-
pason de l'horreur qui fit que je n'éprouvai de
véritable aversion que devant un certain genre
d'horreur, que l'on pourrait qualifier de morale :
idée cachée, vice caché et, de même, maladie
inavouée et tout ce qui se supporte honteuse-
ment et seul, et qu'à l'inverse je n'éprouvai nul-
lement, par exemple, l'horreur des assassins ; au
contraire, je souffrais pour ceux d'entre eux que
l'on enfermait dans une prison, non tout à fait
pour leur personne, mais plutôt pour leur tempérament généreux et méconnu, arrêté dans sa
course fatale. Comment n'attribuerais-je pas au
boa cette inclination que j'avais pour reconnaître
le côté fatal du tempérament, le boa en étant à
mes yeux l'image parfaite ? Grâce à lui, je vouai

une invincible sympathie à toutes espèces vivan-
tes dont l'ensemble m'apparaissait comme une
nécessité symphonique, c'est-à-dire telle que le
manque d'une seule d'entre elles aurait suffi à
mutiler l'ensemble irrémédiablement. Une méfiance me venait à l'égard des gens qui se per-
mettaient de formuler des jugements sur les espèces dites « horribles », sur les serpents « froids
et silencieux », sur les chats « hypocrites et
cruels », etc... Une seule catégorie d'êtres humains me semblait appartenir vraiment à cette
idée que je me faisais de l'espèce, et c'étaient
bien entendu les prostituées. De même que les
assassins, les prostituées (que j'imaginais à travers la jungle des grandes capitales, chassant
leurs proies qu'elles consommaient avec l'impé-
riosité et l'impudeur des tempéraments de fatalité) m'inspiraient une égale admiration et je
souffrais pour elles aussi à cause de la méconnaissance dans laquelle on les tenait. Lorsque
ma mère déclarait qu'elle pensait ne pas trouver
à me marier, la Barbet m'apparaissait aussitôt et
je me consolais en me disant qu'il me restait le
bordel, que fort heureusement, en fin de compte, il resterait cela. Je me le représentais comme
une sorte de temple de la défloration où, en toute pureté (je n'appris que bien plus tard le côté
commercial de la prostitution), les filles jeunes,
de mon état, auxquelles le mariage n'était pas

réservé, allaient se faire découvrir le corps par des inconnus, des hommes de même espèce qu'elles. Sorte de temple de l'impudeur, le bordel devait être silencieux, on ne devait pas y parler, tout étant prévu pour qu'il n'y ait pas lieu d'y prononcer le moindre mot, d'un anonymat sacré. Je me figurais que les filles se mettaient un masque sur le visage pour y pénétrer. Sans doute pour y gagner l'anonymat de l'espèce, à l'imitation de l'absolu manque de « personnalité » du boa porteur idéal du masque nu, virginal, l'espèce, innocente, portant seule la responsabilité du crime, le crime ne fait plus que sortir du corps comme la fleur de la plante. Le bordel, peint en vert, de ce vert végétal qui était celui dans lequel se faisait la dévoration du boa, et aussi celui des grands tamariniers qui inondaient d'ombre mon balcon du désespoir, avec des séries de cabines rangées côte à côte dans lesquelles on se livrait aux hommes, ressemblait à une sorte de piscine et l'on y allait se faire laver, se faire nettoyer de sa virginité, s'enlever sa solitude du corps. Je dois parler ici d'un souvenir d'enfance qui ne fit que corroborer cette façon de voir. À huit ans je crois, mon frère, qui en avait dix, me demanda un jour de lui montrer « comment » c'était fait. Je refusai. Mon frère furieux me déclara alors que les filles « pouvaient mourir de ne pas s'en servir et que de le cacher étouffait, et donnait des maladies très graves ». Je ne m'exécutai pas davantage, mais je vécus plusieurs années dans un doute pénible, d'autant plus que je ne le confiais à personne. Et lorsque la Barbet se montra à moi, j'y vis une confirmation de ce que m'avait dit mon frère. J'étais sûre alors que la Barbet n'était vieille que de cela seulement, de n'avoir jamais servi ni aux enfants qui s'y seraient allaités, ni à un homme, qui l'aurait découverte. C'était un rongement de la solitude qu'on évitait sans doute en se faisant découvrir le corps. Ce qui avait servi, servi à n'importe quoi, à être vu par exemple, était protégé. Du moment qu'un sein avait servi à un homme, n'eût-ce été qu'en lui permettant de le regarder, de prendre connaissance de sa forme, de sa rondeur, de son maintien, du moment que ce sein avait pu féconder un désir d'homme, il était à l'abri d'une déchéance pareille. De là, le grand espoir que je fondais sur le bordel, lieu par excellence où on se donnait-à-voir.

Le boa confirmait de façon non moins éclatante cette croyance. Certes, le boa me terrorisait, par sa dévoration, autant que m'horrifiait l'autre dévoration dont Mlle Barbet était la proie, mais le boa ne pouvait s'empêcher de manger le poulet de la sorte. De même, les prostituées ne pouvaient s'empêcher d'aller se faire découvrir le corps. La Barbet devait son malheur au fait

qu'elle s'était soustraite à la loi pourtant impé-
rieuse, et qu'elle n'avait pas su entendre, de-se-
faire-découvrir-le-corps. Ainsi le monde, et donc
ma vie, s'ouvrait sur une avenue double, qui for-
mait une alternative nette. Il existait d'un côté le
monde de Mlle Barbet, de l'autre, le monde de
l'impérieux, le monde fatal, celui de l'espèce
considérée comme fatalité, qui était le monde de
l'avenir, lumineux et brûlant, chantant et criant,
de beauté difficile, mais à la cruauté duquel,
pour y accéder, on devait se faire, comme on devait se faire au spectacle des boas dévorateurs.
Et je voyais se lever le monde de l'avenir de ma
vie, du seul avenir possible de la vie, je le voyais
s'ouvrir avec la musicalité, la pureté d'un dérou-
lement de serpent, et il me semblait que, lorsque
je le connaîtrais, ce serait de cette façon qu'il
m'apparaîtrait, dans un développement d'une
continuité majestueuse, où ma vie serait prise et
reprise, et menée à son terme, dans des trans-
ports de terreur, de ravissement, sans repos, sans
fatigue.

# MADAME DODIN

Chaque matin, Mme Dodin, notre concierge, sort sa poubelle. Elle la traîne depuis la petite cour intérieure de l'immeuble jusque dans la rue — de toutes ses forces, sans précaution aucune — au contraire — dans l'espoir de nous faire sursauter dans notre lit, et que notre sommeil soit interrompu comme l'est le sien, chaque matin. Par la poubelle. Au moment où elle fait sauter à sa cuve les deux marches qui séparent l'entrée du trottoir, il se produit une sorte d'éclatement sur lequel elle compte pour nous réveiller. Mais nous en avons l'habitude.

Entre tous ceux que lui impose sa charge de concierge c'est en effet ce travail-là que Mme Dodin déteste le plus. Sans doute en est-il toujours ainsi. Mais je ne crois pas qu'il y ait à Paris une autre concierge qui en ait une horreur aussi constante — aussi démesurée, pourrait-on dire à la rigueur. — Rien n'a jamais pu l'atténuer, ni l'accoutumance (il y a dix ans qu'elle

est concierge), ni l'expérience de la vie, ni son
âge, ni même le puissant réconfort qu'elle trouve
dans l'amitié qui la lie à Gaston le balayeur.
Chaque jour elle y repense et son refus en reste
aussi entier. Jamais ne l'a effleurée l'ombre d'une
résignation. C'est entre elle et la poubelle, une
question de vie et de mort. C'est de cela, de la
poubelle, qu'elle vit. Mais aussi de cela qu'elle
pourrait mourir. Non seulement de colère, à son
propos, mais aussi pour sa suppression universelle. Si d'autres ont des occasions d'héroïsme
plus spectaculaires, Mme Dodin, elle, n'a que
celle-là. C'est là le principal combat où la jette
la vie.

Il ne se passe pas de jour qu'elle ne donne à
un quelconque locataire une nouvelle preuve de
cette horreur. Elle en découvre toujours de nouvelles raisons. Celles-ci sont diverses et toutes,
sans exception, procèdent, naturellement, d'une
mauvaise foi criante. Et comme chaque jour elle
se doit de l'entretenir — cette mauvaise foi —,
chaque jour, elle se donne en pâture un locataire. N'importe lequel. Qu'il soit la gloire la
plus reconnue du quartier, le plus respectable, le
plus vieux, le plus consacré des locataires. C'est
en général celui qui vide le dernier sa poubelle
qui essuie la colère de Mme Dodin. Jusqu'au
dernier elle se contient encore mais au dernier,
régulièrement, elle explose. C'est là une des ser-

vitudes particulières à notre immeuble du 5 de
la rue Sainte-Eulalie. On s'y fait engueuler parce
qu'on a une poubelle à vider. Autrement dit parce que l'on mange, donc parce que l'on vit encore, donc que l'on n'est pas encore mort. Autant
vous engueuler parce que vous ne vous abstenez
pas de manger, de vivre, car tant qu'on ne le sera
pas encore, mort, on n'en sort pas, on aura des
poubelles et, à moins de s'en laisser submerger
jusqu'à l'asphyxie, on sera bien obligé de les vider. C'est d'ailleurs là, en général, quand on
l'ose, ce qu'on répond à Mme Dodin. Inutile-
ment. Elle ne partage pas ce point de vue. Elle
dit que nos raisons n'en sont pas, elle ne veut
pas les entendre.

— Tous les locataires se valent rapport à leurs
poubelles, dit-elle, et c'est tous des salauds rapport à leur concierge.

Si Mme Dodin partageait une seule fois notre
point de vue, cela représenterait pour elle, et
aussi aux yeux de son plus sûr complice, Gaston
le balayeur, une compromission sans retour avec
son ennemi, le locataire.

Ainsi, nous, de l'immeuble du 5 de la rue
Sainte-Eulalie, sommes contestés régulièrement,
dans notre droit tacite mais sûr, croyions-nous,
d'avoir une poubelle, je veux dire, de vivre. Certains d'entre nous, les plus naïfs, s'en indignent
encore et aussi, de se voir traités avec aussi peu

d'égards que leurs voisins, du sixième par exemple, dont ils auraient cru pourtant normal de se distinguer par quelque chose. Mais ceux-là, ceux qui s'indignent, sont les préférés de Mme Dodin, ceux sur lesquels elle s'acharne avec le plus de résultats et — c'est certain, — le plus de plaisir.

C'est un travail pénible, dit-elle, au-dessus de son âge, et qui ne l'est tant que parce que nous ne vidons pas chaque jour nos poubelles. Si nous les vidions comme nous le devrions, explique-t-elle, c'est-à-dire chaque jour, la cuve serait moins lourde et elle la traînerait plus facilement dans la rue. Mais, répondons-nous invariablement, tout compte fait, est-ce que ça ne revient pas au même du moment que nous ne la vidons pas tous le même jour de la semaine ? Ou même que si la moitié d'entre nous la vidait tous les deux jours ? ou le tiers, tous les trois jours ?

— Non, dit Mme Dodin, rapport à l'odeur, ça ne reviendrait pas au même. Puis, y a pas de raison, moi je la vide tous les jours, vous n'avez qu'à faire de même.

On reprend le même raisonnement. Et elle :

— Comment pourriez-vous le savoir ? J'en suis sûre comme je respire.

Certains d'entre nous ont abandonné la partie. Nous ne répondons plus. Je ne vide pas ma poubelle tous les jours. Mais je lui ai expliqué pourquoi, je lui ai dit combien c'était difficile. Quand

on a trois feuilles de poireaux au fond de sa poubelle, c'est difficile de ne pas attendre le lendemain pour la descendre. Il y a aussi qu'on oublie,
qu'on est lâche, qu'on préfère attendre encore
un jour pour affronter sa colère. Mme Dodin sait
donc qu'il y en a qui ont le désir sincère de descendre chaque jour leur poubelle mais qui n'ont
pas la constance voulue pour cela. Qu'ils en
conçoivent une certaine honte, sinon du remords, mais que la nature humaine est ainsi faite... Ces locataires-là, elle aurait tendance à les
excepter un peu de la communauté des locataires, tout au moins de ceux qui s'acharnent à faire
valoir leur droit à vivre, à manger, à respirer, et
donc, à avoir une poubelle, etc. Comme si c'était
là la question.

Ses raisons, elle ne les rabâche pas comme des
litanies mais les utilise au contraire avec une extraordinaire habileté. Elle sait bien la nécessité
d'en changer pour maintenir auprès de nous
— ses locataires — son prestige de martyre de la
poubelle. Elle sait le pouvoir de son génie barba-
re qui désarme les plus audacieux et décourage
les plus acharnés des raisonneurs.

Pourtant, elle use moins souvent de l'argument de l'odeur de la poubelle que des autres
— sans doute parce que c'est celui-là qui expri-
me le mieux tout ce que cela signifie pour elle.
Certes, il lui est insupportable d'avoir dans sa

cour, près de sa loge, une cuve d'ordures vieilles
de plusieurs jours, d'avoir à en supporter l'odeur
et l'idée. Mais elle ne le dit pas. Elle dit :

— Quand les gens à curé bouffent du poisson
le vendredi on retrouve les têtes le dimanche. Il
y a pas de raison. Donc à curé ou pas à curé, les
locataires, c'est tous des salauds rapport à leur
concierge.

Si, de sang-froid, elle se reconnaît le droit de
trouver la poubelle lourde, absolument, elle est
moins sûre d'avoir le droit de trouver qu'elle
sent mauvais. Aussi n'en parle-t-elle que dans la
colère, toute pudeur mise à bas. Si la lourdeur
est en effet un fait difficilement contestable et
qui pourrait à la rigueur se mesurer, se prouver,
l'odeur qu'elle dégage est toute relative — à sa
sensibilité, à son odorat. Elle est, notoirement,
inhérente à toute poubelle. Toutes les poubelles
sentent mauvais, pourrait-on lui dire, avouez
tout simplement que vous n'êtes pas faite pour
ce travail. Or c'est précisément du contraire
qu'elle voudrait nous convaincre, que la poubelle du 5 de la rue Sainte-Eulalie est particulière,
qu'elle sent plus mauvais que les autres et qu'aucune concierge n'en pourrait supporter l'odeur.
Aussi ne manie-t-elle cet argument que d'une
manière détournée, perfide, afin de ne pas nous
dévoiler, dans son principe même, l'horreur
qu'elle a et qu'elle aurait en tout cas de ce tra-

vail, même avec des locataires très ponctuels.
Elle ne veut pas se mutiler de son pouvoir sur
nous, se couper de ses ennemis. Quel exutoire
lui resterait-il à ses colères apocalyptiques qui
durent quatre jours parfois et qui, si elles ne vi-
sent d'abord qu'un seul locataire, s'étendent vite
à tous les autres, au monde des locataires en général et bientôt à toute l'humanité — exception
faite de Gaston ? Aussi ne nous dit-elle pas mala-
droitement que la poubelle sent mauvais. Elle dit
qu'à voir ces locataires-là, si bien habillés et, à
en juger par le montant de leurs loyers, si riches,
jamais on ne pourrait les croire assez « hypocrites » pour supporter d'avoir chez eux des ordures
pourrissantes et puantes vieilles de plusieurs
jours. Elle dit qu'elle, même elle, elle ne le supporterait pas. Elle, dans la vie de laquelle les
poubelles jouent un rôle déterminant, elle qui est
la dernière des dernières, elle ne le supporterait
pas.

Peut-être faudrait-il que l'un d'entre nous
écrive aux autres une lettre en faveur de Mme
Dodin. J'ai quelquefois pensé que je pourrais
être ce locataire. Mais c'est toujours la même
histoire avec ce genre de lettres-là. On ne les fait
pas tant pour les envoyer aux locataires — les
locataires deviennent de fer quand on leur parle
en faveur de leur concierge — que pour quoi ?
pour les montrer à Mme Dodin et au balayeur.

Eux seuls, se dit-on, seraient capables de me
comprendre et seraient touchés par mes efforts.
Mais ensuite, à quelle ponctualité serais-je tenue
quant à ma poubelle personnelle ? À quelle rigueur de toute ma conduite ? Sans compter
qu'au moindre de mes manques à son égard
Mme Dodin dénoncerait cette lettre comme une
hypocrisie supplémentaire. Sans compter aussi
qu'elle ne supporte pas qu'on lui veuille trop de
bien parce que cela lui confirme le mieux que
rien ne pourra atténuer la véritable négation que,
concierge, elle subit du locataire et que concréti-
se pour elle la corvée quotidienne de la poubelle.

Alors, faute de destinataire, voici, ici, les deux
sortes de lettres que j'aurais aimé faire en sa faveur. Voici la première :

« Mme Dodin, notre concierge, prétend que
du fait que chacun de nous ne vide pas sa poubelle chaque jour, la cuve est beaucoup plus
lourde qu'elle ne le serait si, chaque jour, nous
la vidions — comme ce serait d'ailleurs notre devoir envers elle de le faire. Cela ne serait fondé
que si, à la suite d'une étrange coïncidence, nous
en étions presque tous arrivés à vider nos poubelles le *même* jour. Comme si, autrement dit, il
y avait certains jours de la semaine où nous nous
sentirions d'humeur à le faire, chacun de notre
côté, et dans un même mouvement, des jours
propices à la poubelle. Il y a des années que cela

dure, prétend Mme Dodin. Et aucun de nous
n'a jamais essayé de vérifier ses dires. Et au fond,
il ne serait pas exclu qu'elle ait raison. Il y a,
nous le savons tous, de par le monde, des coïnci-
dences autrement plus étranges que celle-ci et
que nous ne mettons pas en doute parce qu'elles
nous sont présentées sous une forme attrayante
— comme des informations gratuites — et parce
qu'elles ne nous concernent pas, ne nous enga-
gent à rien. Acceptons donc les dires de
Mme Dodin. Pourquoi pas ? Et essayons donc
de faire cet effort minime, de vider chaque jour
notre poubelle. Nous ferions ainsi à Mme Dodin
le plus grand plaisir du temps qui lui reste à vivre
parmi nous. La corvée de la poubelle lui deviendrait légère. Et plus encore : elle deviendrait à
ses yeux et le signe de la considération que nous
lui portons, et celui de sa victoire sur nous. »

Cette lettre, si j'en parle ici, ne choque personne. Mais, si je l'avais envoyée sous enveloppe,
tapée à la machine, à leur nom, elle aurait indis-
posé tous les locataires sans exception. Ainsi
sont les locataires : on ne peut leur parler de leur
concierge que noir sur blanc, dans un livre, autrement ils deviennent de fer.

Voici la seconde lettre que j'aurais aimé faire.
Celle-là, je n'ai jamais été assez aveugle pour en-
visager sérieusement de l'envoyer aux locataires.
Mais sans doute est-ce surtout une lettre de ce

genre que j'aurais aimé donner à lire à
Mme Dodin et à Gaston.

« Avez-vous songé, aurais-je écrit, avons-nous
pensé une seule fois à ce que c'est que cette poubelle dont se plaint Mme Dodin ? Ce dont nous
ne voulons plus, ce que nous chassons avec dégoût de nos appartements, devient le lot de
Mme Dodin, sa raison d'être, ce pour quoi on
la paye, son pain quotidien. N'est-il pas normal
qu'après avoir fait ce métier pendant dix ans, elle
veuille nous apprendre ce qu'il en est ? Que vou-
drait-elle ? Elle voudrait, comprenez-vous, nous
faire comprendre. Et, pour ce faire, elle nous
obligerait même, si elle le pouvait, à résorber nos
propres poubelles, à manger nos restes, à grignoter nos épluchures, à ronger nos os, nos vieilles
boîtes de conserves, à avaler nos mégots, etc.
Pour nous apprendre, comme elle dit, à vivre,
ou plutôt, à savoir ce que ça veut dire, en fin de
compte, vivre. Mais cette solution suffirait-elle ?
Sans doute, non. Car il ne s'agirait encore que
de nos os personnels, des mégots de nos amis
et non des os et mégots anonymes de tous les
locataires réunis. Ce ne serait pas encore cette
chose nouvelle, différente de ses parties, cette
entité que l'on nomme poubelle, qui est à l'origine d'une obligation spéciale échue précisément
à Mme Dodin, notre concierge. Car il n'en va
pas différemment de nos poubelles et de nos

idées, par exemple, ou même de nos philoso-
phies, de nos opinions. Notre poubelle n'est pas
la Poubelle. Et notre opinion par exemple sur
Mme Dodin ne rend pas compte de Mme Dodin. Tandis que la poubelle de Mme Dodin est
la Poubelle et l'opinion qu'elle a de nous, rend
parfaitement compte de notre situation par rapport à elle. Il nous faut l'avouer une fois pour
toutes et l'accepter. Mme Dodin a, grâce à la
poubelle, une faculté d'abstraction, une connaissance que nous, nous n'aurons jamais. C'est à
partir de nos os de côtelettes qu'elle a trouvé cette règle fondamentale : « Les locataires, c'est toujours des salauds rapport à leur concierge. Quoi
qu'ils fassent. Et même les meilleurs. » Une tête
de poisson pourrie dans l'une de nos poubelles
empuantit toute sa nuit et nous compromet tous
à ses yeux. Hélas, il en est de nos poubelles
comme, je le répète, de nos idées. Comment
connaître leur vrai destin une fois que nous les
avons lâchées dans le monde ? Mme Dodin est
la réalité du monde. Notre poubelle trouve sa
réalité lorsqu'elle arrive entre les mains de
Mme Dodin. La réalité du monde est une dure
réalité, que nous acceptons néanmoins. Acceptons Mme Dodin. Ayons pour elle sinon du respect, du moins une juste considération. »

Ah ! si j'avais demandé aux locataires d'avoir
une juste considération pour leur concierge, ils

se seraient crus insultés. Et ils auraient vu dans
cette lettre une injure autrement plus grave que
la pire des injures que leur fait cette Mme Dodin
que j'aurais essayé de défendre. Je serais passée
à l'ennemi, j'aurais trahi le front des locataires
de fer.

Mais il n'y a pas que ça. Voilà ce qu'il y a.

Une lettre, n'importe quelle lettre, faite en faveur de Mme Dodin, dans l'hypothèse bien extraordinaire où elle arriverait à rendre les locataires plus justes à son égard, lui ferait, je le crains,
plus de mal que de bien. Si ses locataires deve-
naient irréprochables, n'aurait-elle pas de ses ennemis une douloureuse nostalgie ? Quel recours
lui resterait-il ? Mme Dodin a, sur la Providence,
des idées bien arrêtées :

— Le bon Dieu, c'est pas grand-chose de bien
reluisant, c'est moi qui vous le dis. Puis, le Fils,
c'est du pareil au même que le Père.

Et sur le socialisme, des idées non moins arrêtées :

— Les communistes, c'est du pareil au même
que les curés, sauf qu'ils disent qu'ils sont pour
les ouvriers. Ils répètent la même chose, qu'il
faut être patients, alors, il y a pas moyen de leur
parler.

Néanmoins, Mme Dodin met en doute l'une
des institutions les plus communément admises
de la société bourgeoise, l'institution de la pou-

belle commune dans les immeubles des grandes villes.

— Pourquoi que chacun il la viderait pas, sa poubelle ? Pourquoi faut-il qu'il y en ait qu'une seule qui vide les chiures de cinquante autres ?

Si nous arrivions à donner à Mme Dodin des satisfactions telles qu'elle en devienne une concierge heureuse, il ne soufflerait plus au 5 de la rue Sainte-Eulalie ce vent de colère égalitaire qui régulièrement nous emporte tous, pareillement. Et ne faudrait-il pas préserver ces occasions-là, si rares, au fond, dans la vie courante ? N'est-il pas en fin de compte, souhaitable, que certains d'entre nous se voient contestés par Mme Dodin jusque dans le droit qu'ils croient avoir, le plus innocemment du monde, non pas seulement de faire maigre le vendredi, par exemple, mais surtout d'exercer si ouvertement ce droit de faire maigre, qu'il en apparaisse comme une nécessité universelle ?

Je choisis, donc, de ne pas envoyer de lettre en faveur de Mme Dodin et de la laisser continuer à assumer dans le dégoût cette obligation de la poubelle. Qu'elle reste donc tenue d'en passer par là sous peine de perdre sa place de concierge. Que nous continuions donc à essuyer ses colères, à encaisser ses malédictions. Le jeu vaut la chandelle.

Et puis, encore une fois, il n'y a pas que ça.

C'est en effet à l'occasion de ses plaintes
qu'elle a découvert Gaston le balayeur, son unique et incomparable ami. Dès le début, Gaston
l'a encouragée à trouver ce travail dégoûtant et
au-dessus de ses forces, et depuis, il fait tout
pour entretenir la détestation dans laquelle elle
nous tient. Et c'est ainsi que Mme Dodin
connaît avec Gaston le balayeur une intimité très
particulière dont nul d'entre nous ne peut avoir
la moindre idée. Et on se demande si on ne lui
ferait pas plus de mal en la privant des compen-
sations que lui donne Gaston, qu'on ne lui ferait
de bien en s'efforçant d'être plus juste avec elle.

Six ans qu'elle la traîne, cette poubelle, chaque matin. Que ce soit en hiver, au printemps,
en été, le dimanche, le 14 juillet, Pâques ou le
jour de la Libération. Six ans qu'elle se plaint
des locataires, qu'elle tente de les convaincre de
sa douloureuse indignation à l'idée qu'ils la mé-
prisent assez pour ne pas faire cet effort, pourtant minime, de vider chaque jour leur poubelle.
Six ans qu'elle mange du pain de la poubelle
avec ce même visage tendu par la haine et le dégoût, d'une inexpugnable dignité !

Il y a tout de même des différences avec les
saisons. En été, par exemple, à six heures, il fait
jour et, en attendant Gaston, Mme Dodin parle
avec Mlle Mimi, tenancière de la pension de fa-
mille de l'« Oiseau Bleu ». À six heures, en été,

en effet, Mlle Mimi est levée. Elle se tient sur le pas de sa porte en robe de chambre et pendant un quart d'heure, quelquefois plus, languissamment, dévotement, elle bâille. Et entre chacun de ses bâillements, elle parle à Mme Dodin, ou plus exactement, elle lui répond. Chacun des locataires, de son lit, peut entendre très distinctement leurs paroles. C'est toujours Mme Dodin qui commence et toujours à propos des poubelles. Mme Dodin ne dit jamais bonjour à Mlle Mimi. Elle se plaint immédiatement soit de la lourdeur de la cuve, soit de son contenu particulier ce jour-là, soit de son odeur.

— Y a de l'abus. Même un homme il trouverait que c'est lourd. Ça pue à faire venir les rats.

Ou bien encore :

— Ceux du quatrième, y a au moins cinq jours qu'ils l'ont pas vidée. Et avec ça, ça communie tous les dimanches.

Ou bien Mlle Mimi répond qu'en effet, il y a de l'abus. Ou bien elle ne répond rien. Lorsque Mme Dodin met en cause les opinions politiques ou religieuses de ses locataires, elle ne répond pas.

Mais quand même, en été, du fait de la présence de Mlle Mimi, l'épreuve de Mme Dodin est plus supportable. À son moment le plus critique, elle en trouve un écho, timide, certes, mais sincère, chez Mlle Mimi.

Après qu'elle s'est plainte de la poubelle, la voix de Mme Dodin s'adoucit. Avec Mlle Mimi elle n'insiste pas sur la poubelle, persuadée que l'autre ne la comprend pas tout à fait. « C'est bouché à l'émeri, et pas que d'un côté seulement, dit-elle. Je me comprends. » Alors, elle se met à parler du temps qu'il va faire.

— Le ciel, il est lourd, dit-elle, va faire de l'orage.

Ou bien :

— Le ciel, il est clair, va faire beau pour les honnêtes gens.

Mlle Mimi approuve presque toujours et même, souvent, elle apporte quelque précision supplémentaire à l'avis de Mme Dodin sur le temps qu'il fera.

— Ça se lèvera vers midi.

Ou bien :

— Ça se gâtera vers le soir. Le ciel est lourd.

— Y a pas que le ciel, dit Mme Dodin, dans une dernière allusion à la poubelle, et puis, le ciel, lui, l'est au moins lourd pour tout le monde.

L'air mauvais, elle doit désigner du doigt le côté en question : un nuage gris sombre avec une lenteur moribonde monte à l'assaut du ciel matinal.

Puis, à six heures dix, fatidiquement, s'amène Gaston le balayeur.

Il n'est jamais là au moment précis où

Mme Dodin sort sa cuve. Il commence à balayer le bout de la rue Sainte-Eulalie dix minutes avant qu'elle ne la sorte, et, tout en parlant à Mlle Mimi, elle l'attend. Lorsqu'il est à la hauteur du numéro 7 de la rue, c'est-à-dire lorsqu'il peut l'entendre, non moins fatidiquement, Mme Dodin déclare :

— En voilà un qui s'en fait pas.

Alors, sous son adjuration, Gaston s'arrête de balayer et se mêle à leur conversation. Dès lors celle-ci prend un tour plus général. Presque tous les matins, il est question de leurs emplois respectifs, des avantages et des désavantages qu'ils comportent.

— Ça au moins, c'est un métier, balayeur, commence Mme Dodin.

— Faut jamais, répond Gaston, parler de ce qu'on ne sait pas, sans ça on risque de déconner.

Gaston a, lui aussi, le dégoût de son métier. Mais lui, il ne s'indigne plus et il en a, plus qu'elle, l'amère philosophie. Il n'a de cesse qu'il n'ait convaincu Mme Dodin de la parfaite égalité de leur condition. Ce n'est pas très amusant non plus, lui dit-il, de balayer et de balayer, toujours les mêmes rues, de recommencer chaque matin ce qu'on a fait la veille. Il dit aussi qu'il ne connaît pas un autre métier, un seul, qui donne aussi peu de satisfactions que le sien.

— Et dites-moi un peu, répond Mme Dodin,

ce qu'on recommence pas tous les jours ? À part qu'on crève, c'est-il pas tous les jours du pareil au même ?

— Bien sûr, dit Gaston. Mais quand j'ai fini une rue et que je me retourne et que je vois un toutou à sa mémère qui chie en toute tranquillité sur mon trottoir et que j'ai même pas le droit de les engueuler ?

— Faut les poisonner, déclare Mme Dodin. Ici, il y en a pas un qui oserait en amener, ils le savent bien. Le premier qui rentre ici, je le poisonne. J'ai assez d'eux sans avoir leurs cabots.

— Tout le monde n'est pas comme vous, ose timidement Mlle Mimi.

— Quand même, reprend Mme Dodin, balayeur, c'est un bon métier. Pour ce qui est des toutous, n'avez qu'à pas vous retourner.

— Et la neige ? dit Gaston, vous y pensez à la neige ? Quand il neige toutes les nuits, pendant quinze jours ?

— C'est pas ce qu'il y a de plus dégueulasse, dit Mme Dodin, puis c'est bon pour les poumons.

Et puis il ne neige environ que quinze jours par an, dit-elle. Et en été, au printemps, il ne dira pas que ce n'est pas un beau métier que celui de balayeur. Elle, elle n'en connaît pas de meilleur. Elle dit que ce qui lui paraît surtout bien dans ce métier-là c'est qu'on peut le faire sans le faire vraiment, qu'on peut balayer sans balayer vraiment, en pensant à autre chose. Si on ne pense pas à ce que l'on fait, le métier de balayeur est unique au monde, dit-elle, on est dans la rue comme chez soi.

— N'avez qu'à penser à vos amours, rien vous empêche, dit-elle.

— Je pense à vous, dit Gaston, c'est vous mes amours.

Tout en balayant, on regarde, dit Mme Dodin. On bavarde. On apprend des choses, dit-elle, tout en balayant. Elle s'irrite parfois à cause de la placidité remarquable de Gaston et, quand elle est à bout d'arguments, elle conclut toujours que le métier de balayeur est un métier, quoi qu'il en dise, tandis que le sien n'en est pas un. Elle ne s'explique pas autrement et procède, pour le convaincre, par une double affirmation : « Quand vous avez fini de balayer, vous avez fini de balayer. » Ou bien : « Quand la rue est balayée, la rue est balayée. » Elle, par contre, elle n'en a jamais fini d'être concierge, même la nuit, le « cordon » l'empêche de rêver bien longtemps qu'elle ne l'est plus.

— D'accord, dit Gaston. Et vous encore, vous êtes vieille. Mais les jeunes mariés, ça doit leur couper le sifflet.

— Dites pas ça devant elle, dit Mme Dodin en se marrant et en désignant Mlle Mimi.

— Pardon, dit Gaston. N'empêche que c'est vrai.

— Que c'est pas un métier, reprend Mme Dodin, mais que c'est terrible surtout, encore et surtout « rapport » aux poubelles. Elle ne s'étend quand même plus trop sur ce sujet. C'est inutile. Gaston la comprend.

— Pour ce qui est des poubelles, dit-il, c'est d'accord. Vous voyez, madame Dodin, nous avons des métiers, nous autres, comme ils disent si bien, méconnus.

— Pour ça, dit Mme Dodin, c'est vrai.

— Par exemple, dit Gaston, pour ce qui est de leur boîte qu'ils appellent Sainte-Eulalie, j'arrive toujours quand ça ferme. Fini la musique, et en fait de belles filles, ceinture. Et tout ce que j'en sais, c'est que la nuit, ça pisse ferme. Témoins les murs de la boîte qui en sont noirs. C'en est même une curiosité.

— Faut bien que ça pisse, dit Mme Dodin, puisque ça boit toute la nuit.

— Ainsi, la pisse c'est tout ce qu'en voit Gaston le balayeur. Gaston est promu à la pisse de ces messieurs.

Ça y est, Gaston est lancé. Mme Dodin le regarde alors avec fierté et aussi avec amour. Gaston a du langage exact le même don que Mme Dodin. Mlle Mimi baisse les yeux. Tout ce que dit Gaston lui paraît sous-entendre des projets plus ou moins avouables et procéder d'une dangereuse mentalité. Mlle Mimi a peur de Gaston le balayeur. Qui d'ailleurs, la voyant tenir sa pension, toute seule et avec cette passion, ces scrupules, dans un contentement parfait, dans la satisfaction la plus justifiée, qui, assistant sans jamais y avoir été convié par Mlle Mimi, car on n'imagine pas qu'elle ait jamais convié quiconque à le faire, à ce bonheur tout entier édifié sur la suffisance humble, l'économie, la bonne conscience, ne peut pas, en effet, ne pas être traversé par la tentation de le voir s'écrouler. Et c'est sans doute là, la tentation quotidienne de Gaston le balayeur, le genre de tentations auxquelles le portent sa nature et l'exercice prolongé de son métier. Car si Gaston bavarde chaque jour avec Mlle Mimi, il n'a jamais vu sa pension, comme il n'a jamais vu, mise à part la loge de Mme Dodin, aucun des intérieurs devant lesquels, chaque matin, il passe en balayant. Et la seule chance qu'il aura jamais de pénétrer par exemple chez Mlle Mimi, de violer enfin ce sanctuaire de la satisfaction, c'est qu'il y ait par exemple, un jour, un drame dans la pension de Mlle Mimi. Et encore, pas n'importe quel drame, mais un grand drame, susceptible d'attirer la meute des voyeurs judiciaires, des flics, des inspecteurs, des enquêteurs et aussi, à la faveur du désordre, du manque de surveillance des premiers instants, les curieux, les voisins et aussi, pourquoi pas ? les balayeurs. Mlle Mimi a sans doute percé à jour, à travers ses propos, le genre de désirs que nourrit Gaston. Aussi est-elle, depuis le début, vouée naturellement à être le jouet préféré de Mme Dodin et de Gaston le balayeur. Eux, par contre, sont dans la sienne, de vie, les seules occasions qu'elle ait de participer au spectacle de la liberté, de l'audace, de l'aventure. Elle sent bien qu'ils lui font courir des risques, les risques de l'art, ils sont pour elle le cinéma, la lecture, le théâtre, toutes choses que Mlle Mimi s'est toujours refusées. C'est sans doute pourquoi Mlle Mimi n'a jamais pu s'empêcher d'écouter les conversations de Mme Dodin et de Gaston le balayeur bien que leur insatisfaction sans bornes et l'expression qu'ils en donnent la fassent toujours trembler.

— Et si on en juge par la pisse, continue Gaston, ça doit boire ferme.

— Ça pisse, donc ça boit, dit Mme Dodin.

— Ça me rappelle, dit Gaston, quelque chose. Un philosophe a dit la même chose : « Je pense, donc je suis. »

— L'aurait mieux fait de se taire, dit Mme Dodin, s'il a rien trouvé de mieux.

— Celui qui a trouvé ça, c'est Descartes, dit le balayeur.

Mme Dodin se marre.

— Des cartes de quoi ? En fait de cartes, je connais que celles d'alimentation.

— En attendant, dit Gaston, ça nous avance pas.

— Pour ça, dit Mme Dodin, je sais vraiment pas ce qui nous avancerait. Y a un crivain au troisième et ça ne m'avance pas. C'est lui le plus sale de toute la boutique.

— Faut pas généraliser, ose Mlle Mimi.

— C'est le quartier qui veut ça, dit Gaston. C'est tous par ici plus ou moins des philosophes.

— Paraît ça, dit Mme Dodin, mais qu'est-ce ça a à voir ? On se lave pas l'cul quand on est losophe ?

— Ça a à voir, dit Gaston, mais c'est fortiche à expliquer.

— Vous exagérez, ose encore Mlle Mimi.

— Alors, si je m'le lave pas, c'est que je suis losophe moi aussi ?

— On l'est tous un peu, dit Gaston, c'est ça qui est fortiche.

— Alors, me v'là losophe, dit Mme Dodin en se marrant.

— Pourquoi ? Vous ne vous le lavez pas ? demande Gaston.

— Losophe ou pas, ça nous avance pas, reprend Mme Dodin.

— Pour ça, reprend aussi Gaston, c'est vrai.

— Avec leur intelligence, recommence

Mme Dodin, feraient mieux de trouver un truc pour supprimer les poubelles. Vous me direz ce que vous voudrez, ça devrait pas exister.

— En Amérique, dit Gaston, toutes les maisons ont des poubelles individuelles. Et sauf les grosses boîtes de conserves, on peut tout y mettre. Remarquez qu'en France les nouveaux immeubles ont aussi des poubelles individuelles, et même les H.B.M.

— Je suis trop vieille, dit Mme Dodin. Dans les maisons modernes il leur faut des concierges toutes jeunes. Elles sont jeunes et elles ont rien à foutre, et moi qui suis vieille... Mais sans aller chercher en Amérique, on pourrait trouver quelque chose.

Elle explique son idée. Elle, elle voudrait que dans chaque rue il y ait des bouches d'égout spéciales dans lesquelles chacun, chaque soir, serait tenu de vider sa poubelle. « Ça leur apprendrait », ajoute-t-elle. Elle ne dit pas ce que c'est, que ça leur apprendrait, c'est inutile, Gaston la comprend. Ce qu'elle voudrait supprimer, c'est l'intermédiaire entre la poubelle et l'égout, c'est l'anonymat des poubelles qui ne deviennent insupportables que lorsqu'elles deviennent communes et mélangées et qu'elles perdent leur individualité. Le balayeur la comprend parce que son métier, comme le sien, n'existe qu'en raison des déchets que les hommes laissent dans leur sillage, partout où ils vont, sans avoir l'air de le remarquer, comme font les chiens.

— Vous demandez l'impossible, dit Gaston. Et ça supprimerait beaucoup d'employés de la Ville de Paris. Tous les gars des bennes. Sans compter les trusts de la chiffonnerie qui ne marcheraient jamais.

— Il existe, ose encore une fois Mlle Mimi, des poubelles bien plus perfectionnées que la vôtre. Des grandes poubelles à couvercle.

— C'est des poubelles allemandes, dit Gaston, tout à fait hermétiques.

— Ça serait déjà ça, dit Mme Dodin, de pas les sentir. De pas les voir quand on les traîne.

— Il existe aussi, dit Gaston, des poubelles de l'armée américaine en duralumin. Elles ont un couvercle comme les poubelles allemandes, mais elles sont beaucoup plus légères. Je crois que c'est celles-là qui sont le mieux.

— Croyez-vous, dit Mme Dodin, que ces salauds de locataires, ils me signeraient une pétition pour le proprio ? Pour que j'aie au moins une poubelle à couvercle ? Pensez-vous ! Bien trop égoïstes pour ça ! Pourtant, à chacun sa merde, à chacun ses ordures, c'est comme ça que ça devrait être.

Le grand événement dans la vie de Mme Dodin, celui qui l'assouvit le plus heureusement, ce sont les grèves des Services de la Voirie. C'est en général Gaston qui les lui annonce le premier lorsqu'il arrive le matin.

— D'ici deux ou trois jours, dit Gaston, ça y sera.

Mlle Mimi baisse la tête. Elle n'aime pas les grèves. Les grèves l'effraient comme l'effraie la mâle puissance de Gaston le balayeur.

— C'est pas trop tôt, dit Mme Dodin. V'là donc le bon vent qui s' lève.

Et elle chante :

*V'là l' bon vent, v'là l' bon vent...*

Et à chacun des locataires, Mme Dodin l'annonce triomphalement.

— Ça y est, c'est la grève à partir de ce soir.

— La grève de quoi ? demandent innocemment les locataires qui ne sont pas encore prévenus.

— Ben de quoi voulez-vous que ce soit pour que je vous y annonce comme ça ?

Le soir de la grève, les locataires ou les bonnes des locataires descendent les uns après les autres et passent devant sa loge pour aller vider leurs poubelles dans la bouche d'égout de la rue Sainte-Eulalie. Mme Dodin, campée sur le pas de la porte, les regarde. Elle connaît un moment de bonheur. Le mot n'est pas trop fort.

— V'là la procession. C'est la Fête-Dieu. Il y en a qui en ont d'autres, de processions, mais moi j'ai celle-là.

Et lorsque Gaston arrive, elle l'attend, béate, comblée, à la vue des trottoirs vides.

— Alors, on se les roule ? salue Gaston.

— Comme vous le dites, dit Mme Dodin.

— Faut en profiter, dit Gaston, c'est comme la jeunesse. Ça ne dure pas.

Leurs voix arrivent jusqu'à nous, chargées d'une sonorité différente suivant la place qu'ils occupent dans la rue. Mme Dodin et Mlle Mimi se tiennent chacune sur leur trottoir respectif. Le balayeur, lui, reste au milieu de la rue. Les premiers passants ne les dérangent pas et leurs voix sont ponctuées par le martèlement de leurs pas. La rue Sainte-Eulalie, à ce moment-là de la journée, leur appartient. Mme Dodin se plaint de la poubelle, elle nous maudit, puis, de mauvais gré, elle finit par parler du temps qu'il fera. Le balayeur, lui, badine sur le malheur de leur condition. Matins du monde. Matins du langage. Qu'il faudrait pouvoir raconter ces choses si bien qu'on oserait sans rougir les donner à lire à Mme Dodin elle-même et à Gaston le balayeur [1] !

---

1. L'année dernière, dans le fond de son petit jardin, Mlle Mimi élevait un coq. Un coq que nous entendions chaque matin chanter, nostalgiquement ô combien, sans doute pour tenter de se retremper dans une identité devenue, à la longue, douteuse. Car il était le seul coq du VIe arrondissement, le seul sur trente mille habitants. Mme Dodin en disait : « L'est aussi bouché que sa patronne et je me comprends. » Ce malheureux, nous l'avons tous

Quand le bavardage de Mme Dodin et de Gaston cesse, vers six heures et demie, il est relayé par le grondement de la benne à ordures qui débouche dans la rue Sainte-Eulalie. C'est chaque matin que vient cette benne, chaque matin, chaque jour de l'année. La plupart du temps on dort et on ne l'entend pas, mais lorsqu'on l'entend on sait qu'il a lieu chaque jour. On l'entend bien comme un bruit nécessaire de chaque jour, organique de chaque vie, mais qui, à cause de l'ensablement des choses dans l'habitude, le plus souvent vous échappe. Comme parfois son cœur. Et aussi, parfois, le train, à l'occasion d'un voyage, d'une promenade à la campagne. Une locomotive passe, et nous voilà soudain transportés dans l'univers des locomotives qui passent. Et on se souvient. Il en existe des milliers d'autres dans le monde, qui passent quelque part, comme ça, pour d'autres que soi. Voilà qu'on se retrouve dans le monde des locomotives du monde, dans son monde si plein de locomotives qui, dans des milliers de directions, filent en charriant des wagons pleins de

entendu chanter le jour naissant. Et, bien que par sa réalité, son apparente monotonie, le message de Mme Dodin puisse assez légitimement rappeler à certains un chant de coq, il serait indigne de voir en lui le même pittoresque cosmique. S'y tromper serait même donner un bon exemple de sottise poétique.

contemporains qui se déplacent, voyagent. Et de
même pour la benne. La benne me transporte
dans le monde des poubelles de mon monde, de
ces poubelles pleines d'épluchures et déchets de
mes contemporains qui vivent, mangent, mangent, pour se conserver, durer, durer le plus
qu'ils peuvent, et qui digèrent, assimilent, suivant un métabolisme qui nous est commun, avec
une persévérance si grande, si grande vraiment,
quand on y pense, qu'elle est aussi probante,
plus probante, à elle seule, de notre commune
espérance que les plus fameuses de nos cathé-
drales. Et cet énorme chant de l'humaine rumi-
nation chaque jour commencée, chaque jour repris à l'aurore, par la benne de sa rue, c'est le
chant, qu'on le veuille ou non, de l'irréductible
communauté organique des hommes de son
temps. Ah ! plus d'étranger ni d'ennemi qui tienne devant la benne ! Tous pareils devant la gueule énorme et magnifique de la benne, tous esto-
macs devant l'éternel. Car pour la bonne grosse
gueule de la benne, pas de différences. Et en fin
de compte, ô locataire du quatrième qui me veut
tant de mal, de même que nos poussières, un
jour, se mêleront, de même l'os de ma côtelette
se mêle sans façon à celui de la tienne, dans le
ventre original, dans le ventre dernier de la si
bonne benne.

Parfois, cela arrive, le balayeur lui aussi donne

son avis sur le temps qu'il fera. Son ton est désabusé et il n'a pas la gravité sentencieuse de Mme Dodin. Bien qu'il soit jeune, le balayeur se fait, du temps qu'il fera, une fatalité d'incertitude.

— Croyez-moi, on ne peut jamais savoir, on ne peut jamais être sûr du temps. D'un seul coup, quelquefois, ça change.

Gaston est devenu un balayeur désabusé.

Il y a quatre ans de cela, il était bien différent. Sa démarche était sûre. Il se tenait bien droit et sa veste était toujours entièrement boutonnée, ajustée. Il avait l'allure noble, fière. À grands gestes réguliers, de son grand balai de bruyère, campé au milieu de la rue, il balayait. La casquette un peu penchée sur l'oreille, le journal bien en vue dépassant de sa poche (toujours au courant, il en faisait une question d'honneur, de l'actualité, dans tous ses genres), il balayait avec une désinvolture et une efficacité souveraines. Lorsqu'il avait fait ses trottoirs, jamais il ne quittait le milieu de la rue, et les gros camions eux-mêmes étaient obligés de se déranger pour le contourner. La technique de son balayage elle-même était différente : d'un seul geste, d'un seul coup de balai, large, tantôt du milieu du trottoir, tantôt du milieu de la chaussée, il rejetait dans les ruisseaux ce qu'il balayait. Il paraissait alors tellement heureux de sa condition que je deman-

dai à Mme Dodin si son métier n'était pas pour
lui une activité secondaire, si, pour être si sûr de
lui, il n'était pas, par ailleurs, comme il arrive,
quelqu'un d'important, de puissant même. Mais
Mme Dodin me dit que non, qu'il n'était rien
d'autre dans la vie que le balayeur du quartier
Sainte-Eulalie.

Maintenant ce n'est plus le même homme.
Mme Dodin, comme moi, comme tous ceux qui
le connaissent, savons qu'il a cessé d'aimer son
métier. Maintenant il ressemble à tous les balayeurs, sauf quand il a bu ses trois ou quatre
« blancs », avec une tristesse en plus, qui n'est
qu'à lui. Il grossit. Tous les deux ou trois mois,
Mme Dodin lui déplace les boutons de son uniforme des Services de la Voirie de la Ville de
Paris. Elle s'inquiète à propos de son seul ami.

— Je croyais, dit-elle que c'était la lecture.
Mais il n'y a pas que ça. C'est pas simple.

Toujours est-il que Gaston s'est mis à balayer
de plus en plus lentement, de plus en plus négligemment. Vers midi, Mme Dodin le regarde qui
s'amène du boulevard et elle hoche la tête en
signe de réprobation. La rue reste presque aussi
sale après qu'il l'a balayée qu'avant. Et lui, il est
de plus en plus mal tenu. Au lieu de porter son
balai, quand il a fini de balayer, il le traîne derrière lui. Mme Dodin doit savoir ce qu'il en est,
quel est cet œuf que Gaston couve depuis bien-

tôt deux ans. Son inquiétude sans cela serait
inexplicable. Mais elle n'en fait part qu'à contre-
cœur, elle n'aime pas à en parler.

Gaston a maintenant l'allure d'un ancien
grand viveur. Il est blasé. Il a trop vécu, si on
peut dire. Et je crois que c'est là son mal. Rien
ne se fait, en effet, rien n'arrive, sans qu'il en soit
le témoin, le spectateur anonyme, comme s'il
était, à lui seul, le vrai public de tout. Il a assisté
à tous les événements, publics ou privés, qui arrivent dans les rues qu'il balaie. C'est trop pour
un seul homme. Aussi, maintenant, les habitants
du quartier peuvent mourir ou faire leur première communion, il ne s'en émeut plus. Il ne s'intéresse plus aux événements humains. Ils l'ennuient. Il a, des agonies, des mariages, des
naissances, une optique, une philosophie à lui,
qui est peut-être celle du vrai balayeur. Les premières communions, les mariages, les morts, se
soldent, quant à lui, invariablement, de la même
façon, par des fleurs jetées au ruisseau et qu'il
est chargé de guider au fil de l'eau jusqu'à leur
destination finale, l'égout. Il annonce à
Mme Dodin : « Au troisième du 7, le fils se ma-
rie. » Mais il n'a jamais pénétré dans aucun de
ces étages, chez ces gens auxquels, chaque matin, il fait une rue propre qui leur permet de ne
pas retrouver les traces qu'ils laissent derrière
eux. Il ne connaît d'eux que les noms, les faits

et gestes publics. Et de toutes les réjouissances ou les deuils humains il n'aperçoit que l'usure, et il n'intervient que pour en accomplir l'acte dernier, la liquidation des vestiges.

Il fut un temps où il croyait sans doute qu'il pourrait en être autrement. Où il croyait que les gens qui l'auraient vu chaque jour accomplir le même travail innocent, se seraient rapprochés de lui, auraient cherché à le mieux connaître. Peut-être espérait-il alors que son métier aurait été propre à satisfaire sa curiosité, son très grand appétit de connaître des hommes, et qu'il pouvait devenir le balayeur des âmes et des consciences de la rue Sainte-Eulalie. Et même, sans doute, s'attendait-il à recueillir des confidences qu'on n'aurait faites qu'à lui seul, lui l'innocent, l'anonyme, le très impersonnel balayeur. Hélas ! les gens n'ont pas de temps à perdre. Et on n'a pas tellement d'occasions de bavarder avec les balayeurs.

Après avoir beaucoup espéré, Gaston désespère. Maintenant, lorsqu'il demande à Mlle Mimi des nouvelles de son œil (Mlle Mimi a, depuis un an environ, un œil très mal en point) :

— Et cet œil, comment va-t-il ?

Celle-ci lui répond qu'il va le mieux possible.

— Je vous remercie, il me semble qu'il y a encore un progrès sur la semaine dernière...

Et il encaisse le mensonge. Il l'encaisse alors

qu'il sait pertinemment, par Mme Dodin, que l'œil de Mlle Mimi baisse chaque jour davantage et qu'elle le lui cache parce qu'elle craint, crainte trouble et certainement consécutive à sa sorte de vie, qu'un de ces soirs, lorsque Gaston aura bu plus que de coutume, à la faveur justement de cet œil assez bas pour ne pas le reconnaître, il ne s'aventure très vilainement jusque dans sa pension, sa solitude, son bonheur en somme. Ce qui serait tout à fait contraire et à l'honneur de sa gérance et à son honneur personnel. Elle le craint et croit trouver des confirmations à ses craintes dans la moitié des paroles de Gaston, surtout lorsqu'il lui demande des nouvelles de son œil.

Ainsi, qui l'aurait cru ? même de l'œil de Mlle Mimi, on ne donne pas à Gaston des nouvelles sincères. Comment, dans ces conditions, n'inclinerait-il pas à se rapprocher de Mme Dodin chaque jour davantage ? Comment, naturellement, ne se donnerait-il pas d'autres plaisirs que ceux qu'il avait attendus et qu'on lui refuse ? Par exemple, celui de terroriser Mlle Mimi ? de la confirmer dans ses craintes ? de troubler son sommeil ? Et, à voir tant d'honnêteté si avare d'elle-même, si peu prompte à se livrer, comment n'aurait-il pas la secrète espérance qu'il en est autrement de la malhonnêteté ?

Gaston arrive vers Mlle Mimi et, en guise de salutation, il lui déclare :

— Pierrot est mort (il s'agit de Pierrot le Fou), on va s'emmerder un peu plus.

Ou bien encore :

— Un beau crime, avec une enquête très difficile, très longue, voilà pour un balayeur ce qui peut arriver de mieux. Il ne se passe pas de crime qu'avec un peu de chance, on ne soupçonne le balayeur d'en avoir été le témoin, qu'on ne l'interroge. C'est là, pour un balayeur, la seule distraction vraie et la seule chance qu'il a d'être pris en considération. Je n'aurai jamais cette chance dans ce sale quartier où le crime est rare. Mais si cette chance m'était donnée et s'il dépendait de ma déposition de faire aboutir l'enquête, je ferais de telle sorte qu'elle dure le plus longtemps possible.

Il s'éloigne, ayant dit, sous les regards épouvantés de Mlle Mimi et les regards admiratifs de Mme Dodin.

— Depuis quelque temps, dit Mlle Mimi, je ne sais pas si vous l'avez remarqué, il change, et je dois le dire, pas à son avantage.

Quand même, Mme Dodin a assez de mépris pour Mlle Mimi pour ne pas lui faire part de ce qu'elle pense des changements de Gaston.

— Un homme pareil, dit-elle, c'est pas donné à tout le monde de le comprendre. Au début, je

me disais que c'était rapport à Lucien, le gars
de la benne qui lui refilait trop de livres. Mais
maintenant, je crois que ça n'explique pas tout.
Y a autre chose.

Ce ne sont pas les événements humains qui
suscitent encore l'attention et la curiosité de
Gaston. Ce sont les événements matériels. En
particulier la réfection des immeubles. À part
Mme Dodin qui, elle, le passionne, les individus
ne l'intéressent plus. Voir des ouvriers juchés sur
des passerelles ou assis sur des planches, ou ac-
crochés par des cordes, à quinze mètres au-dessus de la rue, se passer des planches, gratter, plâ-
trer, sceller des pierres, tout en bavardant, voilà
qui lui donne la nostalgie d'un monde viril. Arc-
bouté à son balai, à son instrument vraiment
trop féminin, Gaston les regarde. Parfois il leur
adresse la parole. Il les questionne sur les progrès
de leur travail, sur ses difficultés. La dernière réfection du quartier, celle de l'école communale,
a duré assez longtemps, deux mois d'été, pour
l'affecter particulièrement et d'une manière sans
doute définitive. Il balayait de plus en plus lentement et la mollesse de son coup de balai en disait
long sur son moral. Car en même temps qu'il le
passionne, le spectacle d'une réfection d'immeuble l'abat. Il lui fait paraître son métier encore
plus dérisoire. Il se contente alors de nettoyer les
caniveaux et les trottoirs, les yeux en l'air. Il ne

balaie plus le milieu de la rue. Et lorsque
Mme Dodin, du pas de sa porte, l'interpelle :

— Faut pas avoir votre bide pour faire ce bou-
lot-là !

Il ne lui répond même plus et se contente de
lui sourire.

C'est d'ailleurs à l'occasion de la réfection de
l'école communale que j'ai essayé une nouvelle
fois de parler à Mme Dodin de l'état de Gaston.
Un homme tel que lui, ai-je dit, intelligent, dans
la force de l'âge, ne se devait-il pas de changer
de métier ? Évidemment, j'étais de son avis, le
métier de balayeur était un beau et bon métier.
Mais quand on ne trouvait plus, à l'exercer, la
moindre satisfaction, quand on en avait épuisé
tous les plaisirs, ce métier si solitaire devenait
sans doute plus pénible qu'un autre. Et n'était-
ce pas un fait que Gaston avait cessé d'être le
spectateur satisfait des choses de la rue et qu'il
était devenu le plus triste des balayeurs ?
Mme Dodin m'a répondu sur un ton assez froid
qu'il était en effet regrettable que Gaston soit
devenu si soucieux, si préoccupé, si triste même,
mais que ce n'était pas une raison pour lui
conseiller de changer de métier. Sans doute
s'est-elle demandé de quoi je me mêlais. Il est
possible qu'obscurément, elle préfère Gaston
comme il est maintenant, plus semblable à elle,
insatisfait. J'insistai. À mon avis, lui dis-je, Gas-

ton avait, plus qu'elle encore, des raisons de se plaindre. Il n'avait même pas les alibis qu'elle avait, elle. Surtout en été. En été, en effet, Mme Dodin s'installe devant sa porte sur un tabouret et, interminablement, elle détricote les vieux pull-overs qu'on lui donne. C'est là pour elle une parfaite fausse occupation. On peut se demander s'il y en a de plus enviable. Détricoter se fait les yeux ailleurs. La laine se détricote toute seule avec régularité, on n'a qu'à tirer légèrement sur le fil cependant que, installée sur cette impression d'efficacité automatique, on peut se permettre de se repaître, en toute quiétude, du passionnant spectacle de sa rue. Et alors, lorsqu'on demande à Mme Dodin ce qu'elle fait là, elle peut dire :

— Vous voyez bien, je suis concierge.

On peut la voir, par les plus grosses chaleurs, détricoter de la sorte, paisiblement.

— Vous voyez bien, dit-elle, je garde l'immeuble.

Elle répugnerait à s'installer sur le pas de sa porte en ayant l'air de ne rien faire. Alors elle fait, sans le faire du tout, ce travail qui se fait tout seul. Je le lui rappelai discrètement et aussi que Gaston, lui, n'avait pas cet alibi. Quand il est dans la rue, dis-je c'est pour la balayer. Et même s'il se permettait de faire de longues stations devant les immeubles en cours de réfection, il devait avoir mauvaise conscience (sans compter que lors de la réfection de l'école communale qui se trouve en face de notre immeuble, Mme Dodin ne cessait pas de le surveiller et de l'apostropher). Mais Mme Dodin est restée sourde à tous mes arguments, inébranlable. Elle, elle ne change pas de métier et Gaston doit faire de même. Elle le veut balayeur, même triste et mauvais balayeur, rien d'autre.

— Je vous vois venir, m'a-t-elle dit, mais moi je dis que c'est pas de la politique qu'il devrait faire, c'est du sport.

— Il ne s'agit pas de ça, dis-je, découragée, mais pourquoi du sport ?

— Parce qu'il est gras, dit-elle. C'est d'être si gras qui le rend si triste.

J'ai dit que non, que c'était d'être triste qui le rendait si gras, etc. Mais elle n'a rien voulu entendre. Je n'ai plus insisté. Mme Dodin est de mauvaise foi. Elle est sûre qu'il n'appartient qu'à elle de connaître Gaston.

Depuis quelque temps, Gaston va encore plus mal. C'est-à-dire qu'il boit un peu plus. C'est-à-dire que lorsqu'il a bu, il répète toujours cette phrase, en apparence innocente :

— Ce qu'il me faudrait, c'est vingt mille francs. Pour aller dans le Midi, prendre le soleil et peut-être, qui sait ? changer de métier...

Ce n'est que lorsqu'il a bu qu'il le dit. Et il

semblerait que c'est là le gros œuf qu'il couve depuis près de deux ans, ce désir de partir pour une ville du Midi faire fondre au soleil la graisse de sa tristesse et, peut-être, changer de métier.

Tout ce que je sais de cette ville, c'est qu'elle serait petite, près de la mer, dans le Sud méditerranéen. Et aussi qu'elle serait sans arbres.

— En automne, dit Gaston, qu'est-ce qu'on déguste. C'est beau la nature, mais à condition de ne pas être son balayeur. Toutes les feuilles de tous les arbres du boulevard, toutes, sans exception, c'est pour moi, pour Gaston le balayeur. Alors, dès le printemps, c'est forcé, on y pense.

Je l'imagine, cette ville, brûlante. Il y aurait dans ses rues des odeurs d'oignons, de crottin de cheval, de poisson. La mer serait au bout des rues. Une ville sale : les villes sales sont moins humiliantes pour les balayeurs, plus accueillantes aux balayeurs. Ces villes-là, on les voit vivre au moins, on les entend respirer à travers les corridors ouverts de leurs habitations ouvrières. Il n'y a pas, dans ces villes laborieuses, de jardin public. Sur les places, simplement, des fontaines, d'où coule un filet d'eau. Elles sont sans arbres parce que les rues y sont trop mal venues et trop étroites. Il n'y a qu'un balayeur pour toute la ville : la municipalité est pauvre. Et d'ailleurs, un balayeur, c'est encore trop. À quatre

heures de l'après-midi le vent de la mer se lève
et ennuage toute la ville d'une fine poussière sa-
lée. Et alors le balayeur s'arrête de balayer. Il
se rend à l'évidence. Il ressent délicieusement la
parfaite inutilité de sa fonction. Il se sent libre.
Il range son balai et s'en va par la ville. Chacun
le connaît et lui serre la main. De la poussière, il
y en a tant, que ça découragerait n'importe quel
balayeur. Les buis du jardin du curé, les seules
plantes de la ville, en sont couverts et les petits
enfants en ont les pieds poudrés. Ces villes dont
rêve Gaston ne sont pas faites pour plaire. Dans
leurs alentours traînent des forains, des cinémas
ambulants, un cirque parfois. À une extrémité,
une unique usine emploie presque tous les hommes de la ville : mille ouvriers. Le soir, dans les
bistrots, on parle de salaires, de boulot, de grèves. Le balayeur est admis aux discussions. Les
touristes traversent ces villes sans les remarquer
beaucoup. Et pourtant elles produisent quelque
chose de plus que ce qu'elles produisent, elles se
chargent d'avenir plus que les autres villes. Dès
six heures du matin, elles sont sillonnées de
trams bondés qui roulent vers l'usine. Et ensuite,
pendant les heures de travail, elles sont très cal-
mes. Des enfants à moitié nus entourent les étals
de fruits. De grands stores de couleur sont abais-
sés au-dessus des terrasses de cafés vides. Un
voyageur de commerce tonitrue sur la place la

qualité de sa marchandise et les femmes averties
et économes le regardent avec méfiance.

Et voilà qu'une jeune fille sort d'un corridor.
Elle est brune. Elle sourit. Et le balayeur qui est
dans la rue torréfiée de soleil, dans la poussière
d'incendie de la ville, voit, de l'ombre, sortir la
jeune fille et il lui sourit à son tour.

Mais de ces villes, du rêve de Gaston,
Mme Dodin ne veut pas entendre parler.

Pourtant elle sait qu'il y pense chaque jour davantage. Depuis quelque temps, en effet, il boit
un peu plus. Il n'est pas un ivrogne, loin de là.
Simplement, une fois par semaine, quelquefois
deux, il boit jusqu'à trois « blancs » avant de venir à son travail. Mme Dodin ne veut pas de ça.

Quand il a bu ses trois « blancs », elle le sait.

Elle le sait même dès qu'il l'aperçoit, dès qu'il
débouche dans la rue Sainte-Eulalie. Si peu qu'il
ait bu, elle le sait, infailliblement. Car si peu
qu'il ait bu, Gaston siffle dès qu'il aperçoit
Mme Dodin. Il siffle précisément l'air du *Petit
Vin Blanc*. Ou bien, quelquefois, il chante la
messe. Comme il est un enfant de l'Assistance
et qu'il a été élevé chez les curés, il connaît la
messe dans tous ses détails. Il la chante à tue-
tête, en latin. En quelque sorte il prévient
Mme Dodin. Il n'a jamais assez bu pour oublier
de le faire. Et il est même probable qu'il boit
*aussi* pour avoir le plaisir de la prévenir et afin

d'être assez excité pour désirer provoquer la ré-
pétition d'une scène qui leur est devenue coutu-
mière.

Elle, elle le regarde, sur le pas de sa porte, en
hochant la tête. Elle a des cheveux gris. Elle est
corpulente, d'une belle corpulence, corsetée, ferme, agile. Et ses jambes sont encore, comme dit
Gaston, « à faire l'amour avec ». Elle est vêtue
d'une blouse et d'un tricot lie de vin que chaque
année, depuis six ans, chaque été, on lui voit détricoter et retricoter. De ses dents, il ne lui en
reste qu'une seule, « la dent témoin », dit Gaston. Mais ses yeux, ses petits yeux bleus, sont
encore clairs, et luisants d'une malice féroce.

— Et pas un peu, qu'il a bu, dit-elle.

Et, contrairement à son habitude, après avoir
traîné sa poubelle, elle cesse de l'attendre et né-
glige de poursuivre la conversation avec
Mlle Mimi. Mlle Mimi n'a d'ailleurs à ses yeux
aucune espèce d'intérêt, si ce n'est celui de la
poupée dans leur jeu de massacre, et bien que,
j'ai négligé de le dire, elle nourrisse Mme Dodin
depuis six ans. Par quelle admirable machination
Mme Dodin est-elle arrivée à obtenir de
Mlle Mimi qu'elle la nourrisse ainsi gratuitement ? Est-ce parce que, une fois par an,
Mlle Mimi va voir sa sœur à Amiens et qu'elle
charge Mme Dodin de lui prendre son courrier ?
Je l'ignore, nous l'ignorons tous et je doute qu'il

y ait jamais quelqu'un, parmi ceux qui la connaissent, qui arrive un jour à le savoir, à percer le secret de la puissance qu'elle exerce sur Mlle Mimi. Il n'en est pas moins vrai que Mme Dodin a maintenant un droit incontesté sur tous les plats, les plus délicieux et les plus rares, que Mlle Mimi, vierge et vieille, se fricote régulièrement en se cachant de ses clients. À midi, à sept heures du soir, la bonne de Mlle Mimi traverse la rue et apporte à Mme Dodin, soigneusement enveloppée dans un linge, la part qui lui revient sur le déjeuner ou le dîner de Mlle Mimi. Et le lendemain :

— L'était bon, votre gigot, mais pas assez cuit, dit Mme Dodin.

— Ah ! s'inquiète Mlle Mimi, vraiment ?

— Puisque je vous le dis. J'ai pas, il me semble, l'habitude de parler pour ne rien dire.

C'est ainsi et, comme dirait Mme Dodin, pas autrement. Depuis six ans, Mme Dodin se fait nourrir. Et sa rébellion devant l'égoïsme humain n'en est pas adoucie pour autant. Car, mise à part peut-être la suppression de l'institution de la poubelle, rien n'entamera jamais l'insatisfaction de Mme Dodin. Elle a saisi une fois pour toutes, dans un fulgurant éclair de conscience, l'ampleur de l'injustice universelle. Depuis, aucun des cas particuliers de bonheur, de bonté qu'elle connaît ne l'ébranle, n'entame son scep-

ticisme. Mme Dodin est parfaitement imper-
méable à la charité.

— Leur charité, je l'ai au cul, déclare-t-elle.

Quand les religieuses de la paroisse Sainte-Eulalie lui apportent à Noël le rituel « rôti des
vieux », elle prend le rôti, bien sûr, et elle leur
déclare en se marrant doucement :

— J'irai pas à la messe pour autant, je vous
préviens.

Et à midi, lorsque Gaston s'amène et qu'elle
le met au courant du fait, elle conclut :

— De quoi je me mêle ? Je vous le demande
un peu. Faudrait leur faire des mômes à toutes
ces garces-là, ça leur apprendrait à s'occuper un
peu moins des autres.

Ainsi, mis à part son plus sûr ami, son seul
complice, Mme Dodin se refuse à tout compro-
mis avec l'humanité, fût-ce même par le canal
des bontés de Mlle Mimi. Mlle Mimi, quoi
qu'elle fasse, n'est et ne sera jamais que le témoin apeuré de leur complicité.

Et l'été, lorsque Gaston apparaît, à cinquante
mètres de l'immeuble, en sifflant ou en chantant
la messe, rien ne saurait retenir Mme Dodin auprès de Mlle Mimi. Elle a mieux à faire. Elle la
quitte au milieu d'une phrase et elle rentre dans
sa loge. Une fois là, elle décroche la plus grande
de sa série de casseroles, elle va dans la cour,
la remplit d'eau, revient et la pose sur la table.

Ensuite, elle se met soit à éplucher ses légumes,
soit à tricoter, soit à balayer sa loge. Rien ne paraît alors de ses intentions. Simplement, peut-
être met-elle à son travail une célérité à peine un
peu plus grande que de coutume, une sorte de
fausse attention.

Gaston, qui a l'habitude, à mesure qu'il approche du 5 de la rue Sainte-Eulalie, siffle ou
chante, cela dépend des jours, en se marrant de
plus en plus fort. Et, ses trois « blancs » aidant,
pour faire durer le plaisir, il balaie vraiment très
lentement, encore plus lentement que d'habitude. Les gens qui le croisent, alors qu'en général
on ne le remarque guère plus que le trottoir lui-
même, s'attardent à le regarder. Il balaie comme
on doit balayer en rêve, en dansant et en chantant. Accroché à son balai, il donne l'impression
que s'il le lâchait, il s'en irait à la dérive. Lui qui
d'habitude fait si triste mine, ces jours-là, il donne l'impression de connaître, à balayer, une lies-
se étrange. Il est radieux. « Voilà, peuvent se dire
les gens, un étrange balayeur. » Ou bien encore :
« Qu'est-ce qui, dans le métier de balayeur, peut
faire tant de plaisir ? » Car il est clair qu'il n'est
pas ivre. Le balayeur remarque qu'on le regarde,
qu'on s'arrête même pour le suivre des yeux. Il
s'arrête à son tour de balayer et déclare avec im-
pertinence :

— Vous n'avez jamais vu faire ça ? C'est moi

Gaston qui suis promu à la merde de vos toutous. J'en suis d'ailleurs pas plus fier pour ça.

Les gens peuvent rire ou s'inquiéter selon leur
tempérament. « Voilà, se disent-ils, un balayeur
qui n'est pas ordinaire et qui a certainement de
la lecture. » Ou bien encore : « Un balayeur qui
chante en latin ne peut être qu'un élément dan-
gereux. » Ou bien encore : « Ce sont ces gens-là,
ces athées, ces soudards, qui, un jour, seront cette abomination, la populace en armes. »

Ainsi Gaston, ces jours-là, n'est pas rassurant.
Il porte à réfléchir bien des gens qui le rencon-
trent. Il les fait s'arrêter, pensifs, et peut-être
pour la première fois de leur vie, devant un balayeur de la Ville de Paris. C'est-à-dire qu'il leur
fait découvrir qu'un jour, un simple balayeur
pourra peut-être les concerner de près, que ça
les regarde donc, comme leur vie à eux le regarde, lui. Quand Gaston les a apostrophés, très
vite, les gens qui s'étaient arrêtés pour le regarder s'en vont. Et Gaston se remet invariablement
soit à siffler *Le Petit Vin Blanc*, soit à chanter la
messe en latin. Mlle Mimi, bien que pieuse, reste
devant la porte, tendue par l'effroi et l'impatience. Il n'y a pas qu'elle. Lucien, le garçon du restaurant « La Petite Sainte-Eulalie », qui lui aussi
arrive très tôt à cause de l'épluchage des légumes, sort précipitamment dès qu'il entend chanter Gaston. La concierge de l'école communale,

de même. Tous sortent. Mais Mme Dodin rentre. Tous rient. Mais pas Mme Dodin. Quand Gaston arrive à la hauteur du 7, elle quitte le travail qu'elle était en train de faire et elle ouvre sa fenêtre très doucement. Précaution inutile, car tous les spectateurs présents, et Gaston le premier, savent parfaitement, non seulement qu'elle est en train d'ouvrir sa fenêtre, mais ce qui va suivre. Gaston, d'ailleurs, depuis le haut de la rue Sainte-Eulalie, n'a pas quitté des yeux le porche de l'immeuble et les volets de la loge de Mme Dodin.

Après avoir ouvert sa fenêtre, Mme Dodin prend la casserole remplie d'eau, écarte la table, se poste derrière un des battants de sa fenêtre. Gaston se marre de plus en plus. Quelques passants, à le voir se marrer de la sorte, et à voir Mlle Mimi, Lucien, la concierge de l'école communale se marrer de même, s'arrêtent de nouveau. Le balayeur va atteindre le 5. Il balaie de plus en plus mal. Mme Dodin attend toujours. Une fois devant le 5, Gaston s'approche de la fenêtre. Mme Dodin attend encore. Gaston ôte sa veste, il se penche, la pose à deux mètres de lui sur le trottoir et s'immobilise à son tour, les deux mains rivées à son balai.

— Allez-y, dit alors Gaston le balayeur.

Et Mme Dodin lui envoie en plein figure le contenu de la casserole, sans lui dire un mot.

Gaston se met alors à rire, d'un rire qui s'entend d'un bout à l'autre de la rue Sainte-Eulalie. Mme Dodin pose la casserole vide sur sa table et se décide à sortir. Indifférente à tous ceux qui regardent, elle commence toujours et avec la même attention à examiner longuement Gaston. Plié en deux, dégoulinant, celui-ci se tord. Elle le laisse rire tout son saoul. Les mains aux hanches, elle le regarde comme elle ne regarde personne d'autre, comme les mères regardent, et aussi les amantes, l'objet de leur passion et de leur inquiétude. Une fois que Gaston a repris son souffle, elle lui annonce calmement :

— Ça vous apprendra. La prochaine fois, ce sera la bassine à vaisselle.

Les spectateurs se marrent tout autant que Gaston, et Mlle Mimi elle-même, quoique avec réserve.

— Ça m'apprendra rien du tout, répond Gaston. J'aime ça.

— Je trouverai autre chose, dit Mme Dodin. Vous en faites pas, je suis capable de trouver.

Et quand même, insensiblement, l'hilarité la gagne.

— C'est ce que j'aime, dit Gaston, vous vous fatiguez jamais de trouver des trucs pour emmerder le monde.

Alors, dès qu'il a dit ça, elle rit aussi. D'entendre Gaston parler d'elle la transporte. Elle rit de son rire tendre et gras, velouté, qui ne sort jamais complètement et qui est le plus généreux que j'aie entendu.

— Tant que je vivrai, j'emmerderai le monde, dit Mme Dodin, c'est vrai que c'est mon plaisir à moi.

Là-dessus, elle rentre et s'enferme dans sa loge. Dès qu'elle est seule, elle cesse de rire et réfléchit. Il y a maintenant deux ans que le balayeur couve son œuf. Les deux maris qu'a eus Mme Dodin buvaient. Elle les a quittés tous les deux. Aussi a-t-elle de la boisson une très grande peur. Mais le balayeur, elle le dit, elle le sait, n'est pas un ivrogne. S'il boit, ce n'est pas seulement pour le plaisir de boire. D'ailleurs il ne boit pas beaucoup. Mais il y a deux ans, il est vrai, il ne buvait pas du tout. Elle devine des causes graves à ce qui est peut-être un vice naissant. Cela fait trop longtemps qu'elle le voit balayer dans l'indifférence, la veste à moitié boutonnée, la casquette trop penchée sur le côté, avec une barbe vieille quelquefois de trois jours. Et trop longtemps qu'elle l'observe lorsque, campé devant les ouvriers qui travaillent à la réfection des immeubles, à quinze mètres au-dessus du sol, il s'abandonne pendant des demi-heures à une vertigineuse distraction. Et elle se demande sans doute comment le reprendre, l'empêcher de couler chaque jour davantage et d'en arriver à une fatale détermination, son départ. Ce départ, elle est censée être la seule à le connaître, il n'en parle qu'à elle. Et encore ne lui en parle-t-il que très peu. Lorsqu'il a bu ses « blancs » et après qu'elle l'a douché, simplement, il dit cette phrase, toujours cette même phrase :

— Ce qu'il me faudrait, c'est vingt mille francs pour aller au soleil me reposer en attendant de trouver un autre travail.

— Et croyez-vous, lui répond Mme Dodin, croyez-vous que ça vous donnerait l'air aimable ? Je savais pas que vous, vous pouviez vous tromper comme ça.

— Je ne suis pas de cet avis, dit Gaston. Je maigrirais au soleil, je deviendrais beau garçon, élégant, et avec toute ma lecture, comme vous dites, peut-être que je pourrais changer de métier et trouver un emploi qui me conviendrait.

— Au prix où est la vie, dit Mme Dodin, vous auriez pas le temps de maigrir beaucoup au soleil.

— Et les vôtres ? demande Gaston.

— De quoi ? demande Mme Dodin d'un air innocent.

— De vingt mille francs, dit Gaston.

— Y a longtemps, dit Mme Dodin, qu'ils sont partis.

— Vous êtes une belle menteuse, dit Gaston.

— C'est pour vous embêter, dit Mme Dodin. Je les ai placés.

Il y a un an, Gaston a appris que Mme Dodin avait vingt mille francs d'économies. C'est d'ailleurs elle qui le lui a dit. Elle voulait les placer, et à qui d'autre que lui aurait-elle pu demander conseil ? Il lui a dit que c'était trop peu pour qu'elle puisse en faire un placement intéressant, que le mieux c'était encore de les garder. On ne savait jamais, elle pouvait en avoir un besoin imprévu. Depuis qu'il sait qu'elle a vingt mille francs d'économies, Gaston le balayeur demande quelquefois à Mme Dodin des nouvelles de cet argent. C'est d'ailleurs aussi depuis qu'il le sait, qu'il prétend qu'il lui faudrait justement une somme équivalente pour pouvoir aller dans le Midi, changer de vie, être heureux. En somme leur jeu continue. Mais il tend à devenir un jeu supérieur, dont ils n'ont plus tout à fait le contrôle, et dont ils ignorent encore quel est au juste l'enjeu. Car il sait qu'elle ne lui donnera pas ses économies. Qu'elle ne les lâchera jamais. Non seulement parce qu'elle y tient, que ce sont là les économies de six ans (toutes ses anciennes économies, elle les a laissées à ses deux maris), mais aussi pour l'empêcher, comme elle dit, de « couler », de fuir vers le bonheur marin dont il rêve, vers la paresse, le soleil. D'instinct, Mme Dodin se méfie des gens qui parlent d'être

heureux. « Est-ce que je le suis, moi, heureuse ?
Des fainéants... »

Cette connaissance qu'a Gaston de l'existence
des vingt mille francs de Mme Dodin et celle de
Mme Dodin des projets et des besoins de Gaston n'altèrent en rien leur amitié. La façon dont
se termine leur conversation à ce sujet le prouve.

— Moi, dit Gaston, si vous aviez seulement
eu vingt ans de moins, comment que je vous aurais placée, mais dans mon lit.

— J'ai pas de doutes là-dessus, dit Mme Dodin, vous êtes assez cochon pour ça.

— Malheureusement, vous êtes vraiment trop
vieille maintenant. Moi qui arrive toujours trop
tôt, pour une fois, j'arrive trop tard.

Mme Dodin a soixante ans, Gaston en a trente. Je ne connais pas d'exemple d'une amitié
comparable à la leur. Et Gaston a raison, il est
sûr que si Mme Dodin avait eu seulement vingt
ans de moins, ils seraient devenus des amants, et
quels amants ! Elle se l'est dit. Lui aussi. Et ils
se l'avouent. De cette prédestination manquée,
il leur reste, l'un de l'autre, une impatience exas-
pérée qui, faute de ne pas disposer de l'issue de
l'amour, du désir, s'assouvira ou plutôt se défe-
ra, personne ne sait encore comment. Ce qui est
probable, c'est qu'elle devra quelque jour
connaître un accomplissement, quel qu'il soit.
Cela parce qu'il ne s'agit pas entre eux d'une

amitié ordinaire, avec son échange ordinaire de bons sentiments, mais d'une vraie passion qui a tous les caractères, toutes les apparences même (certains dans le quartier ont prétendu que malgré l'âge de Mme Dodin, il était arrivé au balayeur, dans un « moment d'oubli », de coucher avec elle) de l'amour.

L'extraordinaire impatience avec laquelle elle l'attend derrière sa fenêtre, sa casserole à la main, et l'impatience non moins extraordinaire avec laquelle il attend qu'elle lui en envoie le contenu à la tête (ces jours-là, il ralentit encore plus le rythme de son balayage pour faire durer le plaisir de l'attente) et la puissance du plaisir qu'ils connaissent, elle à le lui envoyer, lui à le recevoir, ne peuvent tromper personne.

Et ensuite, lorsqu'ils se marrent ensemble devant les voisins assemblés, alors qu'elle ne l'a douché au fond que pour l'empêcher de sombrer dans un lâche bonheur dont elle serait exclue, est-ce que ce dénouement inattendu où le drame se renverse dans une formidable rigolade, cet échec en somme, ne prouve pas que leur connaissance réciproque est désormais si parfaite qu'ils ne peuvent plus se surprendre mais seulement, chaque fois, comme les amants invétérés, se retrouver ?

Que deviendrait-elle sans lui ? Elle sait qu'il le sait. Et pourtant ils finissent par rire ensemble de leur bonheur menacé, des risques qu'ils courent. On pourrait, à partir de là, imaginer comment ils pourraient en arriver à des scènes extrêmes, au fait-divers tragique, sans sortir de leur complicité plus forte que tout. Et qui ne connaîtrait pas Gaston et le verrait secoué d'un tel rire lorsque Mme Dodin le punit de vouloir échapper à son désespoir, pourrait se demander s'il n'a pas inventé de vouloir y échapper pour en être puni par elle de cette façon.

Cet amour sans issue les a rendus doublement inventifs. C'est à celui qui trouvera « un nouveau truc pour emmerder le monde ». Ils ont l'imagination délirante des prisonniers. Ils sont prisonniers de leur métier qu'ils détestent et ils sont prisonniers d'une interdiction — à demi fatalité, à demi convention — qui les empêche, à cause de son âge à elle, de devenir des amants. Et c'est sur le monde, leur geôlier, qu'ils se vengent. Ils le font en se donnant pour eux seuls un interminable spectacle auquel ils se passionnent chaque jour davantage. Et si Mme Dodin s'inquiète à bien des moments à cause du projet de Gaston, ça ne tempère en rien son ardeur au jeu. Bien au contraire. Pour être digne de lui et être à la hauteur de ses propos très immoraux, comme dit Mlle Mimi, elle en arrive à jouer dangereusement. Maintenant, depuis quelque six mois, elle se livre à ce qu'il faut bien appeler, pour simpli-

fier, la malhonnêteté. Elle vole. Son succès et la
joie qu'elle en tire prouvent qu'elle avait sans
doute plusieurs cordes à son arc. Elle n'a jamais
eu dans son existence passée l'occasion d'exercer
ses dons. Ce n'est qu'à cinquante-cinq ans
qu'elle a connu Gaston le balayeur. Elle vole à
la fin d'une existence vécue dans la dignité et le
travail, avec un plaisir, une jeunesse extrêmes et
comme très certainement peu de gens sont capables d'inventer de le faire. Et quand elle a volé :

— Alors, on fait la jeune fille ? lui dit Gaston.

Il devrait y avoir à la fin de chaque vie, une
fois que les interdits qui ont étouffé votre jeunesse sont dépassés, quelques années de ce printemps gagné.

Ainsi, tout en s'angoissant de ce qu'elle dit
être la lente et déplorable déchéance de Gaston,
elle rivalise avec lui dans l'art de déchoir. C'est
elle qui l'emporte la plupart du temps. C'est elle
qui tient les discours les plus blasphématoires.
C'est elle qui ose ce qu'il n'ose faire : voler. Et
si c'est lui qui a inventé de lui demander des
nouvelles de ses vingt mille francs d'économies,
c'est elle qui a inventé de lui montrer comment
on fait pour voler.

Si ces vols ne sont connus que de lui, ils font
ensemble ce qu'ils peuvent pour leur donner de
plus en plus de publicité. Mme Dodin les ac-
complit avec de moins en moins de prudence. Et

elle les raconte à Gaston et même à Mlle Mimi
(qui feint de ne pas les prendre au sérieux afin
de pouvoir continuer à se les faire raconter sans
se compromettre) avec de plus en plus de précision, à haute voix et au moment le plus propice,
celui où elle sort sa poubelle, le matin, en été,
lorsque tous les locataires, fenêtres ouvertes,
peuvent l'entendre.

— On dit que je vole les colis des locataires,
déclare-t-elle. Et moi je dis qu'à faire cette co-
chonnerie de métier, il ne me reste rien de mieux
à faire qu'à voler les colis des locataires. S'ils
sont pas contents, ils ont qu'à porter plainte.

Ce qu'aucun d'entre nous n'a jamais osé faire.
Bien au contraire. Lorsqu'il est arrivé à
Mme Dodin de nous voler, nous nous surpre-
nons à être avec elle d'une politesse encore plus
grande que de coutume. Prisonniers d'une gêne
respectueuse qui frise la terreur, jamais nous ne
sommes avec elle aussi prévenants. Elle confond
alors avec aisance ceux d'entre nous qui, d'habitude, sont le plus acharnés à tenir bon sur la
question de la poubelle. Même ceux pour qui
l'honnêteté est la première règle de la morale, les
plus rigoristes, quand elle les vole, acceptent
sans broncher de se faire engueuler. Ils gardent
un silence humble. Ils capitulent devant le naturel qu'elle met à le faire et qui n'est jamais plus
grand qu'alors. Et cet hommage ne prouverait-il

pas combien chacun, au fond, reste sensible à l'art, même dans ses formes les plus notoirement répréhensibles ? Si différents que nous soyons, nous avons ceci de commun, qu'alors, nous nous inclinons tous devant le génie de Mme Dodin. Je suis sûre que si l'un de nous s'avisait de lui reprocher ses vols, tous les autres auraient le sentiment obscur d'une vulgarité.

L'année dernière, pendant deux mois, Mme Dodin a régulièrement volé les colis de beurre d'un locataire. Voici comment elle s'y est prise, comment sa manière a changé, de semaine en semaine, à mesure que devaient se préciser les soupçons de la locataire.

D'abord, au début, elle a défait complètement les colis de beurre de leurs enveloppes successives. Ces colis étaient enveloppés de trois papiers : d'un papier sulfurisé vert, d'un autre papier sulfurisé blanc, et d'un papier d'emballage ordinaire, marron foncé. Mme Dodin a commencé par ôter le papier d'emballage et le papier sulfurisé blanc. Une fois cela fait, elle allait proposer son beurre, et à qui ? À la locataire destinataire du colis. La locataire rachetait son beurre. Mme Dodin eut des doutes : la locataire était peut-être idiote, peut-être ne comprenait-elle pas qu'on lui revendait son propre beurre ? Sa promptitude à accepter, à payer, pouvait tromper. Mme Dodin agit donc plus hardiment.

Elle n'enleva plus qu'une seule des trois enveloppes de papier, c'est-à-dire le papier d'emballage
qui portait le nom et l'adresse de la locataire.
Depuis des années, j'oublie de le dire, la locataire se faisait envoyer du beurre de la campagne
et ce papier, comme les deux autres d'ailleurs,
comme la forme des pains de beurre, leur poids,
etc., n'avaient jamais changé. La locataire, grâce
à ces deux papiers sulfurisés successifs laissés par
Mme Dodin, ne pouvait avoir aucun doute sur
l'origine du beurre qu'elle lui vendait. Et avec le
même empressement, elle prit et paya son beurre. Je la rencontrai et elle me mit au courant de
ses difficultés :

— Mme Dodin me vole mon beurre, me dit-
elle. Tous mes colis de beurre. J'en suis sûre. Le
plus fort, c'est qu'elle me le revend à moi et pas
à une autre locataire.

— Que comptez-vous faire ? demandai-je.

— Je ne sais pas, dit-elle, je ne vois pas
comment je pourrais commencer à lui faire
comprendre que je le sais depuis le début,
qu'elle me vole.

Ce fut là l'un des grands triomphes de
Mme Dodin. Une fois certaine que l'autre ne
pouvait avoir de doute, elle se lassa de tant de
facilité. Elle regretta sans doute l'argent du beurre, mais cessa de retenir les colis à l'arrivée, les

remit à la locataire sous leurs trois enveloppes, avec nom et adresse, et gratuitement.

Il arrive parfois aussi qu'un locataire laisse tomber quelque chose de sa fenêtre. Le plus souvent, Mme Dodin, qui va et vient continuellement de sa loge à la cour intérieure de l'immeuble, voit tomber l'objet, le ramasse et le rentre dans sa loge. Le locataire descend à toute vitesse, cherche dans la cour, ne trouve rien, va vers la loge de Mme Dodin. Il frappe timidement :

— Qu'est-ce que c'est ? demande Mme Dodin, d'un ton fatigué et mauvais, de ce même ton qu'elle réserve en général à ses plaintes sur la poubelle.

— Auriez-vous vu, demande le locataire, auriez-vous vu, madame Dodin, un lange d'enfant que je viens de laisser tomber de ma fenêtre ? Auriez-vous vu une cuiller ? une salade ? un mouchoir ? ma pelle à charbon ?

Mme Dodin sort de sa loge, regarde le locataire en rigolant doucement de façon telle que celui-ci, qui d'ailleurs commence à avoir une certaine habitude, comprend immédiatement.

— J'ai rien vu du tout, dit Mme Dodin.

— C'est drôle, dit le locataire, d'une voix déjà moins assurée.

— C'est drôle. Pour l'être, ça l'est, drôle. Mais c'est comme ça.

Le locataire baisse la tête d'un air gêné.

— Excusez-moi, dit-il, madame Dodin, de vous avoir dérangée.

— Il y a pas de quoi. Je suis là pour ça, c'est comme ça toute la journée. Et si c'était que la journée ! Dites donc, vos poubelles, vous pouvez pas les descendre avant minuit comme tout le monde ?

Le locataire est penaud.

— Entendu, madame Dodin, j'y penserai.

Dans l'embrasure de sa porte, Mme Dodin le regarde en rigolant toujours. Parfois le locataire s'enhardit jusqu'à avancer :

— Je me demande ce qu'on peut bien faire d'un lange d'enfant quand on n'a pas d'enfant...

— Je me le demande aussi, dit Mme Dodin, mais si on essayait de tout comprendre, on n'aurait pas assez de sa vie.

— Ça c'est vrai, opine le locataire définitivement vaincu.

Après quoi, Mme Dodin guette Gaston. Et sitôt qu'elle le voit, elle l'appelle :

— Y en a qui en ont une couche... Venez dans ma loge que je vous y raconte.

Ils s'enferment. Puis au bout d'un moment, ils sortent en se marrant encore. Et une fois qu'ils sont sur le pas de la porte, de façon que les locataires (y compris et surtout le volé) puissent l'entendre, Mme Dodin déclare :

— C'est quand même malheureux d'avoir

tant d'instruction pour se trouver à court comme ça.

C'est aussi son amitié avec Gaston qui l'a, sinon détachée de ses enfants, du moins éloignée d'eux. Elle ne désire pas les voir, ils l'ennuient. Elle les a très bien élevés. Son mari buvait son salaire, et pour eux elle a travaillé en usine pendant quinze ans. Le soir, l'usine n'y suffisant pas, elle faisait des lessives.

— J'en ai tellement fait pour eux, explique-t-elle, que j'en suis dégoûtée. Tout ce que je leur demande, c'est de me fiche la paix.

Sa fille est postière. Elle habite un département éloigné.

— De ce côté-là, je suis tranquille, dit-elle, elle vient pas souvent.

Mais son fils est maraîcher à Chatou. Il croit de son devoir de venir la voir au nouvel an, le 14 juillet, à Pâques, etc. Il lui demande régulièrement de venir « finir ses jours » auprès de lui. Elle ne veut pas en entendre parler.

— Je t'ai trop vu, lui dit-elle. Même que je serais chez toi comme une reine, j'en crèverais d'ennui bien avant mon heure. Je suis sûre que l'asile, c'est plus marrant.

Et avec Gaston, elle s'explique plus clairement :

— C'est pas qu'ils soient mauvais, dit-elle, mais c'est forcé, ils attendent que je crève. Alors, c'est encore à eux que j'ai le moins de choses à dire.

Elle veut oublier qu'il lui faudra mourir. De cette échéance-là, elle ne parle pas de gaieté de cœur. Elle l'envisage sans angoisse mais sans cynisme non plus, simplement avec tristesse. Toute sa vie elle a attendu ces années-là, d'être déchargée de ses enfants et d'être libre. Et elle l'est. Et quoi qu'elle dise contre les entraves que son métier met à cette liberté, elle l'est suffisamment pour regretter de mourir.

Ce qu'elle souhaite, c'est mourir en dormant, une nuit.

— Avec le matin la poubelle pleine. C'est dommage, je serai pas là pour voir la gueule que vous ferez. C'est à la poubelle que vous le saurez. « Du moment qu'à huit heures du matin, elle est pleine, et pas sortie, que vous vous direz, c'est que la pipelette, elle est crevée. »

# LES CHANTIERS

Elle était passée dans l'allée, se dirigeant vers l'homme, et l'avait dépassé. Puis, revenant sur ses pas, elle était repassée près de lui, elle avait parcouru l'allée en sens inverse et elle avait pénétré dans le bois. Dans ce bois se perdait l'allée.

Il était tard, peu avant l'heure du dîner.

L'homme était lui-même allongé sur une chaise longue dans l'allée, à mi-chemin entre la grille du jardin de l'hôtel et le chantier, et il avait vu la jeune fille déboucher du bois. Machinalement il l'avait suivie des yeux. Il pensait qu'elle rentrait à l'hôtel, mais il l'avait vue s'arrêter à quelques pas de la grille qui s'ouvrait sur la route, revenir sur ses pas, et de nouveau pénétrer dans le bois d'où elle était venue.

Il se passa un moment, l'heure du dîner arriva et la cloche de l'hôtel sonna.

L'homme resta allongé sur sa chaise longue. Il se demandait ce que pouvait bien faire la jeune fille, à cette heure, dans le bois.

Lorsqu'elle était passée, puis repassée, elle n'avait pas seulement regardé l'homme. Elle paraissait d'abord pressée de rentrer à l'hôtel. Mais après s'être arrêtée devant la grille lorsqu'elle était repartie vers le bois, elle avait également paru pressée de rentrer dans le bois, qu'elle venait de quitter. Dans un sens et dans l'autre elle avait marché aussi vite, comme si quelque force inconnue l'avait encagée entre le bois et la grille de l'hôtel, et sans regarder quoi que ce fût, sans un regard pour l'homme, dont elle avait pourtant été forcée de frôler presque les jambes, puisqu'il occupait de sa chaise longue plus de la moitié de la largeur de l'allée.

L'heure du dîner était arrivée sans que l'homme la vît revenir.

Pendant un long moment il lui sembla que l'allée avait été désertée de la jeune fille aussi complètement que si le bois avait bu jusqu'à son souvenir.

Et il se fit plus tard encore. L'heure du dîner s'éloigna.

L'homme attendait toujours que la jeune fille sortît du bois.

Ce n'était pas qu'elle fût remarquable ni qu'il l'eût remarquée auparavant. Mais l'allée se perdait dans le bois, elle menait à un village éloigné de plusieurs kilomètres de l'hôtel. Et elle ne pouvait être que là, et l'homme se demandait quel spectacle pouvait la retenir ou ce qu'elle pouvait trouver à faire dans ce bois au lieu de regagner l'hôtel. À mesure que l'heure avançait, que l'ombre gagnait, il se le demandait avec une curiosité grandissante et il pouvait de moins en moins se résoudre à rentrer.

Et à la fin, il se le demanda si fortement qu'il se leva et fit quelques pas dans la direction qu'elle avait prise. Il n'aurait pas été naturel qu'il se retînt de le faire après s'être tant demandé ce qu'elle était devenue. Il y avait bien une demi-heure qu'il n'avait pas pensé à autre chose.

Non, il s'en souvenait bien, elle n'était pas tellement belle. N'eût été cette conduite étrange, le fait de se trouver si tard et seule dans ce bois, et d'y être retournée sans raison apparente, d'être retournée sans raison apparente en un lieu qu'elle venait de quitter, et cela à une heure où il aurait été normal qu'elle fût ailleurs, à l'hôtel, non, sans cela, elle n'avait rien de remarquable.

Il s'engagea dans l'allée. Il approchait du chantier lorsqu'il la vit sortir du bois. Elle aussi s'engagea dans l'allée, mais s'arrêta bientôt, à hauteur du chantier.

L'homme attendit. Il n'avait sûrement pas été vu. Ils se tenaient chacun à une extrémité du chantier. Lui s'était arrêté dans sa marche, tourné vers elle. Elle s'était tournée vers le chantier et sa robe claire se détachait sur la masse sombre du bois. Il faisait presque nuit. Il n'apercevait d'elle que le profil vague de son corps arrêté face au chantier. Et alors, bien qu'il ne la connût pas plus qu'une des autres pensionnaires de l'hôtel, dès qu'il l'aperçut, apparemment fascinée par ce chantier, seule, et si tard, il comprit qu'il la surprenait, sans l'avoir voulu, dans l'un des instants les plus secrets de sa vie, et qu'il ne lui aurait peut-être même pas suffi de la connaître mieux pour le retrouver autrement. Ils se trouvaient seuls, et ensemble, lui et elle, mais séparés l'un de l'autre, devant ce chantier. Et qu'elle l'ignorât encore, qu'elle ignorât parfaitement la présence de ce voleur, de ce violeur, donna naturellement à l'homme le désir de se faire voir.

Derrière eux, sur la route nationale qui les séparait de l'hôtel, et d'une façon presque continue, les autos, tous phares allumés, passaient. C'était entre elles, entre ce mur lumineux et sonore et ce bois sombre et silencieux que se situait leur rencontre.

L'homme attendit encore avant de se faire voir. Il se tenait immobile à la première extrémité du chantier et la regardait. Et lorsqu'il se décida à avancer, il le fit si lentement qu'elle ne s'en aperçut pas. Le bruit des autos couvrait celui de ses pas. Il prenait son temps. Elle, de son côté, laissait passer le temps. Toujours ignorant qu'elle n'était plus seule. Peut-être n'avait-elle pas entendu la cloche de l'hôtel ? Peut-être venait-elle du hameau qui se trouvait de l'autre côté du bois ? Elle aurait eu le temps d'y aller en marchant très vite. Il y avait presque trois quarts d'heure qu'elle était repartie vers le bois. Mais elle n'avait pas l'air de quelqu'un qui vient de se presser. Et c'était d'autant moins probable que l'allée n'y conduisait pas directement, mais seulement un sentier qu'elle ne devait pas connaître et qu'elle n'aurait pas pu découvrir ni même retrouver la nuit venue. Non, c'était le chantier qui la fascinait. Elle le regardait ou du moins regardait de son côté, tout à fait suspendue. Lorsqu'il fut tout près d'elle, il vit son visage pétrifié dans une intensité immobile, et il en fut certain, c'était bien le chantier qu'elle regardait. L'homme s'étonna. Elle ne l'avait donc pas remarqué avant ce soir ? Avait-il cette chance d'être là au moment où elle le découvrait ?

Le chantier s'étendait, désert, de son vide un peu spécial certes, mais enfin, il n'y avait rien entre ses murs clairs qui fût digne de remarque, rien d'inattendu en tout cas. Peut-être, après tout, ne le découvrait-elle que ce soir.

— Pardon, fit l'homme.

Elle se retourna en sursautant et le regarda. Elle avait un regard encore agrandi mais déplacé maintenant sur l'homme.

— Pardon, je suis un pensionnaire de l'hôtel.

Elle fit « Ah ! » et, machinalement, tout en se
mettant à rire, elle avança vers l'homme.

— Pardon, je vous ai fait peur, fit l'homme.

Il s'était mis à rire comme elle.

— Ça ne fait rien, dit-elle.

Elle ne paraissait ni effrayée ni gênée qu'il l'ait
abordée de la sorte. Elle avait plutôt l'air de
trouver cela naturel.

— Aviez-vous déjà remarqué ce chantier ? demanda l'homme.

— C'est la première fois, dit-elle, jusqu'ici je
croyais que c'était autre chose. C'est une drôle
d'idée...

— Une drôle d'idée ?

— C'est terrible, dit-elle, et si près de l'hôtel.

L'homme hésita.

— Je vous demande pardon, dit-il enfin, je
voudrais savoir... je vous ai aperçue tout à l'heure déjà... Pourquoi êtes-vous revenue sur vos pas
après être passée par ici ?

La jeune fille détourna la tête.

— Je l'avais mal vu... J'avais mal compris.
C'est bête, mais je crois que je vais quitter
l'hôtel.

L'homme essaya de voir son visage, mais il ne
put y arriver. Elle marchait la tête tournée de
l'autre côté, distraitement. Sans doute ne l'avait-
elle pas regardé. Lui, riait toujours.

— Tout l'hôtel connaît ce chantier, dit l'homme.

Ils étaient arrivés à la grille. Il vit mieux son visage à la lueur du réverbère qui se trouvait sous le porche de l'hôtel.

— C'est une chose courante, dit l'homme en riant plus fort, de temps en temps il est nécessaire de les faire.

La jeune fille rit à son tour. Son rire n'exprimait ni ironie, ni confusion, ni coquetterie mais seulement une certaine incertitude qui s'attachait, mais comment savoir ? sans doute à ses dernières paroles.

C'était de cette façon que les choses avaient commencé entre eux. Il y avait de cela trois jours. Depuis il ne l'avait revue qu'aux repas, de loin.

Pendant la première nuit qui suivit leur rencontre, l'homme crut qu'elle en arriverait peut-être à quitter l'hôtel à cause de sa découverte du chantier. Cette crainte était peut-être aussi, dans un certain sens, une attente. Il ne lui aurait pas déplu de la voir pousser la singularité jusqu'à quitter l'hôtel sans autre raison que la proximité de ce chantier.

Cette attente était contradictoire et si elle avait été satisfaite, l'homme aurait eu peu de chances de jamais la revoir. Mais il en était encore à ce moment-là à imaginer qu'il pouvait s'accommoder à l'idée de son départ.

Dès le lendemain de leur rencontre, il avait commencé à l'attendre dans l'allée. Elle n'y parut pas. À midi il la revit à table comme d'habitude et il trouva qu'en apparence du moins, rien, aucune hâte, aucune inquiétude, sur son visage, dans ses gestes, n'indiquait chez elle l'intention de s'en aller. Il se dit que ce qui devait lui être pénible, c'était seulement de voir le chantier, et qu'après leur rencontre de la veille elle avait probablement décidé de ne pas retourner de ce côté-là de la vallée. Elle s'efforçait donc de ne pas y revenir. Puisqu'elle n'avait pas quitté l'hôtel, puisqu'elle n'avait pas l'air décidée à abréger son séjour, c'était sans doute qu'elle avait réussi à surmonter au moins la pensée de la proximité du chantier.

Cette réussite, cette petite victoire sur sa peur aurait pu la marquer d'une certaine banalité aux yeux de l'homme. Mais il n'en fut rien. S'il fut peut-être un peu déçu lorsqu'il la revit à table le lendemain de leur rencontre, cela ne dura pas. Il était peu probable, se dit-il, qu'elle n'ait pas pensé que n'importe où ailleurs, en un quelconque lieu paisible où elle pourrait se trouver, elle pourrait toujours faire la rencontre de quelque chose du même genre que le chantier. Cela, elle devait tout de même le savoir. Avoir compris une fois pour toutes que bien que ce chantier, en dépit de ce qu'il lui avait dit, ne fût pas une chose tellement courante, il existait de par le monde suffisamment de choses de même nature pour la faire fuir de partout ailleurs où elle serait allée se cacher. Et, au fond, sa réussite prouvait qu'elle le savait bien. Qu'elle avait quand même de ces choses une certaine habitude et qu'elle savait qu'il aurait été puéril et vain de les fuir, et de quitter, seulement à cause d'elles, l'hôtel où elle se trouvait maintenant. Mais est-ce que c'était du courage, une forme de constance, de lucidité ? Ce n'était rien. La banalité de tous.

Le surlendemain de leur rencontre, son désir de la revoir avait grandi. Il ne la revit pas dans l'allée où il l'attendit comme la veille mais seulement à la salle à manger, aux heures des repas. Et alors, déjà, il s'avoua que cette petite victoire sur elle-même avait du bon, que sans elle il n'aurait eu aucune occasion de la revoir. Il constata qu'il en était content. Et il en vint même à se dire que d'ailleurs si elle n'avait pas surmonté le trouble que provoquait en elle la vue des choses analogues à ce chantier, elle n'aurait probablement pas pu vivre jusqu'à leur rencontre. Il ne faisait aucun doute qu'à force de fuir toutes les choses de ce genre elle n'aurait pu trouver finalement d'autre refuge que la mort elle-même.

Non, elle avait aussi sa sagesse. Et il fallait

convenir en définitive que la possibilité qu'il
avait de la retrouver tenait justement à cette part
d'elle-même qu'il avait d'abord jugée un peu regrettable lorsqu'il l'avait revue à table le lendemain de leur rencontre et qu'il lui avait semblé
pouvoir nommer son imperfection.

Et s'il lui restait cependant quelque chose de
cette première et légère déception, elle n'était
pas sans avoir changé de nature. Le fait qu'elle
n'était pas tout à fait celle qu'il avait souhaitée
dans la première journée qui avait suivi leur rencontre, ce léger défaut, la faisait plus singulière
à ses yeux, plus proche parce que sans doute plus
réelle. Et au fond, son existence n'en devenait
que plus étonnante. Ainsi cette rencontre, insensiblement, cessait, pour l'homme, d'être un événement de son esprit et tendait à devenir un événement de sa vie. Il avait cessé de le voir en
spectateur difficile, qui exige la perfection,
quand on ne peut attendre pareille perfection
que de l'art.

Son désir de la connaître grandissait chaque
jour, chaque demi-journée.

Cela venait simplement de ce qu'il avait eu le
courage d'accepter une première désillusion,
comme elle-même avait eu le courage d'accepter
le chantier. Mais la complicité idéale qui naissait
de cette petite déchéance commune compensait

largement cette déception. Ou plutôt, c'était cela, c'était cette déception même, du début, qui était devenue encourageante. C'était le fait qu'elle ait été possible.

Il eut beau en être venu assez rapidement à voir les choses ainsi, il n'en continua pas moins à faire comme s'il espérait toujours pouvoir assister à nouveau au spectacle commencé l'autre soir. Il se mit à l'attendre chaque matin et chaque après-midi, dans l'allée, face au chantier. Elle ne passait pas. Il avait eu raison, elle avait certainement décidé d'éviter la vue du chantier. Pourtant il s'obstina, allongé juste devant le chantier, comme s'il n'avait pas voulu perdre une seule chance de voir se poursuivre l'action commencée, dans le décor même où elle avait commencé. Trois jours de suite il fit ainsi et pendant ces trois jours il ne la vit qu'aux heures des repas, de loin. Jamais elle n'apparut dans l'allée.

Les tables de la salle à manger étaient disposées suivant six rangées, à raison de quatre par rangée, régulièrement, dans une vaste salle carrée qui se prolongeait par une verrière. Cette verrière était en rotonde ; là, les tables, plus petites que celles de la salle à manger, étaient réservées aux clients isolés. Elles étaient disposées suivant des cercles concentriques qui épousaient la forme de la rotonde. C'était à l'une de ces

tables que se trouvait la jeune fille. Et également
celle qu'occupait l'homme, mais heureusement,
à l'opposé et vers l'intérieur. De sorte que la jeune fille qui se trouvait en pleine lumière contre
la vitre, était naturellement portée à regarder au
dehors, vers les tennis qui s'étalaient devant l'hôtel, et pouvait encore moins s'apercevoir qu'on
l'observait.

À la table voisine de celle de la jeune fille se
tenait une femme seule accompagnée de son petit garçon. C'était un enfant capricieux que sa
mère ne cessait presque jamais d'amuser ou de
réprimander, alternativement, pour le faire manger. Il arrivait pourtant que l'enfant, oublieux, se
mît à manger seul. La jeune fille observait alors
la distraction de l'enfant avec tant d'attention
que l'homme pouvait se permettre de la regarder
tout à fait sans précaution. Ensuite, quand l'enfant se levait et se mettait à jouer entre les tables,
la jeune fille s'en désintéressait complètement.

En dehors de ces moments-là, l'homme la regardait de telle façon qu'elle aurait pu difficilement s'en apercevoir. D'ailleurs, la situation des
tables qu'ils occupaient, la mettait dans le
champ de son regard, et il la voyait sans tourner
la tête. Il lui suffisait de lever les yeux. Elle lui
apparaissait au dernier plan, de profil, entre
deux pensionnaires. Ils ne le gênaient guère pour
la voir. Ils faisaient face à la jeune fille. Ainsi, ils

ne pouvaient remarquer le regard qui passait entre eux et ne faisaient que le protéger mieux. Il se disait bien qu'elle remarquait mal les choses que d'habitude on remarque, par exemple, son regard à lui. Car si habile et bien protégé qu'il fût, une autre l'aurait remarqué. Mais elle non. Tout de même, il prenait de grandes précautions pour qu'elle ne s'aperçût pas encore de la surveillance à laquelle il la soumettait.

Ces repas furent pour lui l'occasion d'observer bien des choses à son sujet. D'observer comme elle mangeait par exemple. Elle mangeait avec appétit, attentivement, régulièrement. Que ce fût de ce corps tranquille, régulièrement avide de nourriture qu'elle eût repoussé la vue du chantier, cela plaisait à l'homme. Que cette peur se soit justement coulée dans ce corps-là, l'alliance de cette santé et de ce refus était pour lui transportante. Chaque fois qu'il le constatait à nouveau, aux repas, il s'abandonnait un instant au même ravissement, au même rassurement. C'était une merveille qu'une sensibilité si rare eût à son service tant de force généreuse, naturelle. Ainsi sa frayeur elle-même, loin de prendre on ne sait quelle allure morbide, était comme l'extrémité la plus précieuse de cet élan de vigueur animale, de cette avidité dont elle était aussi capable de donner le spectacle.

De la même façon qu'elle mangeait, avec in-

sistance, avec avidité, de même il lui arrivait de
regarder vraiment avec les yeux du corps ce qui
se passait autour d'elle dans la salle à manger.
Ses yeux se posaient, puis se retiraient, puis se
posaient encore et scrutaient avec une sorte de
douceur qui aurait pu faire croire qu'elle était
atteinte d'une légère myopie. Mais il ne s'agissait, il en était persuadé, que d'une sorte de se-
cond regard qui suivait le premier, lequel était
au contraire étonnamment clair. C'était plutôt
comme si elle avait régulièrement examiné, aussitôt après avoir remarqué quelque chose, l'effet
intime que lui faisait ce qu'elle venait de voir.
Ensuite elle tournait son regard vers le dehors,
vers les terrains de tennis. Alors elle l'y laissait
errer. Quelle que fût la scène ou la chose ou le
visage qu'elle eût regardé, au bout d'un instant
elle le lâchait et elle regardait les tennis. Il y en
avait six, groupés trois par trois en un très grand
quadrilatère clos par des grillages. Ces courts
étaient en général occupés pendant toute la matinée et pendant l'après-midi jusque tard dans la
soirée. Pourtant, parfois, même pendant le déjeuner, des amateurs continuaient à s'y entraî-
ner. La salle à manger de l'hôtel surplombait légèrement les courts et on pouvait entendre les
annonces impersonnelles et mécaniques des
joueurs, atténuées par la distance, mais cependant très claires. Habillés uniformément de

culottes blanches et de chemisettes également blanches, ils se distinguaient à peine les uns des autres et, à cette distance, leurs mérites respectifs s'annulaient, se confondaient dans les allées et venues constantes de leurs balles, le miroitement de leurs raquettes et leurs gesticulations apparemment gratuites. Il y avait toujours des spectateurs à la grille des tennis. Ceux-là suivaient en détail l'une ou l'autre des parties qui se jouaient. Mais, de l'hôtel, on ne pouvait être sensible qu'à l'ensemble du spectacle. Les autres jours, tout en mangeant, l'homme regardait de temps en temps les courts, comme beaucoup de clients de l'hôtel, surtout les clients isolés. Maintenant il les regardait encore. Mais tandis qu'il n'avait jusque-là été sensible qu'à l'absurdité du spectacle, maintenant, celui-ci lui faisait plaisir à voir : toujours là, à toute heure du jour, dans l'exercice d'une sorte de passion lucide, les joueurs s'installaient naturellement dans la durée interminable et exaltante de son attente.

À l'intérieur, il lui semblait que c'était surtout les hommes qu'elle regardait quand elle ne regardait pas l'enfant, surtout ceux qui avaient leur table sous la verrière. Elle ne semblait pas l'avoir encore remarqué, lui. Sa table se trouvait à l'autre extrémité de la verrière, un peu en retrait vers l'entrée de la salle à manger et bien que déjà dégagée de la pénombre intérieure, elle occupait la place la plus discrète de cette cage lumineuse. Pourtant il s'y trouvait avec elle, lui qui était celui qui l'attendait et qui lui était destiné. Elle ignorait sans doute encore qu'il l'avait remarquée, qu'il existait un homme auquel elle convenait. Lorsqu'elle regardait les autres, l'homme se réjouissait. Il savait qu'aucun de ceux-là ne pouvait lui aller tout à fait. Et à lui, il suffirait pour le lui faire comprendre, de surgir dans la verrière, de la regarder, et de lui sourire de façon qu'elle pût saisir que ce sourire était le même que celui de l'autre soir près du chantier, et qu'il ne s'était interrompu qu'en raison de sa volonté à lui de ne pas le laisser paraître, mais qu'en réalité il n'avait pas cessé de cheminer entre eux, source invisible, depuis le premier jour. Cette ignorance apparemment totale de ce qui s'était passé entre eux trois jours plus tôt au sujet du chantier, l'auréolait d'une faculté d'oubli qui lui faisait l'effet d'une naïveté adorable et qui ne pouvait être sensible qu'à lui. Il faudrait bien qu'elle sût au moins que lui seul pouvait y être sensible.

Ces observations le réconfortaient. D'ailleurs, chacune des observations qu'il put faire sur elle ces jours-là le rassura. Elles l'étonnaient aussi car elles contribuaient toutes à la rapprocher de celle qu'il avait désiré qu'elle fût dès le premier jour. Elle était bien celle-là, décidément. Elle l'était

autant qu'il était possible de l'être, sans s'être
enfuie de l'hôtel.

Depuis leur rencontre, l'homme n'avait plus
entendu sa voix, mais les mots qu'elle avait prononcés dans l'allée, face au chantier, et dans l'ordre où elle les avait prononcés, lui revenaient
souvent à la mémoire. Il ne s'attardait pas à leur
trouver un sens, c'était désormais inutile, mais il
essayait longuement de les retrouver imprégnés
de sa voix, de son regard, de la marche de son
corps à ses côtés alors qu'elle les prononçait. S'il
avait eu la chance de les entendre, c'était parce
qu'il s'était trouvé là, si près du chantier. Car
tout autre que lui l'aurait abordée l'autre soir, il
aurait été impossible à quiconque de faire autrement. Et elle-même aurait répondu à quiconque
se serait trouvé là, à sa place, et qui, ce soir-
là, l'aurait abordée. Mais n'importe qui n'aurait
peut-être pas attendu comme il l'avait fait le premier soir et surtout comme il le faisait depuis,
pour l'aborder encore. Il pensait donc qu'elle ne
pouvait pas tomber mieux qu'avec lui pour
avouer ce qu'elle lui avait avoué, que personne
n'était mieux fait que lui pour cueillir des aveux
de ce genre.

Il s'était passé cinq nuits et cinq jours depuis leur rencontre. Lorsqu'elle s'en allait après le déjeuner, il ne la suivait pas. Il ne la voyait qu'aux heures des repas. Cela faisait maintenant neuf fois qu'elle avait pris place à sa table dans la verrière et qu'il l'avait observée. Personne d'autre que lui à l'hôtel ne paraissait l'avoir encore remarquée.

Lorsqu'il arrivait à la salle à manger, elle y était déjà. Pendant cinq jours elle y fut à chaque repas et chaque fois la première. Toujours seule à sa table. Elle n'avait apparemment rien de remarquable. Elle n'était pas précisément belle. Et son comportement n'était pas celui d'une femme qui se sait belle ou qui a le désir de le paraître. Il y avait beaucoup d'autres femmes plus belles à l'hôtel et vers lesquelles les hommes allaient. Elle, elle regardait ces femmes-là, et comme tout le monde elle les trouvait belles sans doute, dans l'ignorance qu'elle était déjà plus belle pour lui que les plus belles d'entre celles qu'elle trouvait belles. Comment était-elle donc ? Grande. Elle avait des cheveux noirs. Ses yeux étaient clairs, sa démarche était un peu pesante, elle avait un corps robuste, peut-être même un peu lourd. Elle s'habillait toujours de robes claires, comme les autres femmes, venues comme elle passer leurs vacances au bord de ce lac.

À vrai dire, il ne l'avait jamais très bien vue, ou jamais d'assez près, sauf la première fois, mais c'était dans l'ombre. Et tout ce qu'il aurait pu en dire de sûr c'est qu'une fois il avait vu ses yeux, ou plutôt son regard quand elle venait de le détourner du chantier. Il ne pouvait plus l'oublier. Il se disait qu'il ne se souvenait pas d'avoir vu avant elle se servir du regard avec ce naturel. Il ne croyait pas s'abuser. « Et pourquoi pas ? » se disait-il. Pourquoi ne serait-ce pas la première fois ?

Chaque matin, chaque après-midi, pendant plusieurs heures, il allait avec un livre suivre les progrès des travaux du chantier. Il espérait toujours qu'elle reviendrait dans l'allée, vers sa frayeur. Mais elle ne revenait pas encore.

La construction des nouveaux pans de murs avançait, mais on voyait encore très bien l'intérieur du chantier. Une partie était évidemment ancienne. On distinguait très bien, d'une part, l'ancienne enceinte, et l'espace tout occupé qu'elle avait enfermé, et, d'autre part, la nouvelle enceinte, avec son espace encore vierge que rien ne signalait comme devant être utilisé un jour, sinon le fait qu'il se trouvait de jour en jour déli-

mité avec plus de précision par les murs nouveaux dont les ouvriers prolongeaient les anciens, et qui allaient évidemment se refermer sur
lui par un quatrième mur, dont rien encore ne
signalait avec certitude l'emplacement futur.

C'était un chantier comme il en existe. D'une
destination particulière, il est vrai. Il illustrait à
merveille le développement de la vertu de pré-
voyance chez l'homme, vertu qui trouvait à
s'exercer là même avec une placidité tout de
même assez étonnante. Les ouvriers qui y travaillaient se comportaient avec autant de naturel
que s'ils avaient été occupés à n'importe quel autre travail de terrassement ou de maçonnerie que
celui-là.

Même ils étaient plutôt gais et tranquilles.
Parfois, l'un ou l'autre roulait une cigarette et la
fumait assis sur une pierre. Avec le déjeuner de
midi c'étaient leurs seuls moments de répit de la
journée. Les uns charriaient du sable et des pierres du torrent asséché qui bordait l'allée, les autres coulaient du ciment. Certains d'entre eux
tendaient des ficelles avec beaucoup de minutie.
Ceux-là seuls semblaient animés d'une volonté
mystérieuse. Ceux-là seuls savaient jusqu'où devait s'étendre la nouvelle construction, quelle
devait être sa contenance. Ils tendaient des ficelles d'un point à l'autre de la prairie, hors des
limites de l'ancienne construction. Puis, des ou-

vriers se mettaient à bêcher le long des ficelles
tendues. Une partie de la prairie se trouvait déjà
enfermée par l'ensemble que formaient les murs,
les fossés et les ficelles. Le chantier se réduisait
à la construction de ces murs qui prétendaient
renfermer à jamais une partie de la prairie. La
portion de prairie que l'on avait décidé d'enfer-
mer ainsi était à peu près aussi importante que
celle qu'avait jusque-là contenue l'ancienne enceinte. Le mur qui avait été abattu permettait de
voir parfaitement cette ancienne partie, entièrement utilisée, et répondant dans chacun de ses
mètres carrés à la même destination, remplie peu
à peu selon un rythme imprévisible mais fatal.

Ce que les ouvriers faisaient était depuis longtemps tout à fait clair pour l'homme et il
n'éprouvait aucun malaise à les voir travailler.
Tout au plus une certaine amertume se mêlait-
elle à sa tranquillité lorsqu'il constatait combien
il était profondément tranquille. Du fait de son
âge, en raison de son expérience, il n'était déjà
guère porté à se troubler pour si peu. Mais maintenant moins que jamais il n'en aurait été susceptible parce que depuis sa rencontre avec la
jeune fille ce travail n'était plus pour lui ce qu'il
était en réalité. Il ne lui trouvait plus de significa-
tion en dehors d'elle. Il était avant tout, le chantier qui l'avait troublée, elle. Les arpenteurs
étaient ses complices. Les coups de bêche des

ouvriers chantaient à ses oreilles et le mot même de la mort qu'ils évoquaient, chantait pour lui, son trouble à elle. Autrement dit, la pensée qu'elle pouvait être troublée à ce point par la vue tranquille d'une telle chose exaltait l'homme plus que ne l'incommoderait jamais lui-même désormais la vue de ce chantier. Certes, les raisons de ce trouble il aurait pu les dire, il les connaissait aussi bien qu'il se connaissait. Il aurait pu les dire longuement, car toutes ces raisons sommeillaient en lui, comme chez tout homme sans doute, dans le lent bercement des jours de sa vie. Mais qu'il existât un être frappé de l'impossibilité de supporter la vue de ce chantier le mettait à l'abri de la tentation qu'il aurait peut-être eue, si elle n'était pas survenue, d'éprouver lui-même une impossibilité de ce genre, et de s'en redire vainement les raisons.

Qu'elle l'ait vu, levait pour lui l'obligation de le voir. C'était un bonheur, se disait-il, que de voir ainsi quelque chose comme la vision d'un autre.

Ainsi, peu à peu, l'homme s'obscurcissait. Quittant le monde des idées claires, des significations claires, il s'enfonçait lentement, chaque jour plus avant dans les forêts rouges de l'illusion.

Délivré d'une réalité qui, si elle n'avait concerné que lui seul, l'aurait soumis à elle, l'homme avait de plus en plus tendance à ne plus voir dans les choses que des signes. Tout devenait signe d'elle ou signe pour elle. Signe d'indifférence à son égard à elle ou de son indifférence à elle à l'égard des choses. Il lui semblait qu'elle lui filtrait, pour ainsi dire, ses jours et ses nuits, lesquels ne lui arrivaient plus que transformés par la manière qu'il imaginait qu'elle avait de les vivre.

Depuis deux jours cependant, lorsqu'il entrait dans la salle à manger et qu'elle se trouvait déjà à sa place, non encore servie, il la voyait tourner machinalement la tête vers lui, toutefois sans poser nettement son regard sur lui. À l'indifférence de ce regard incertain il comprenait qu'elle ne jugeait pas utile de le reconnaître. Le reconnaissait-elle plus ou moins ? Peut-être l'avait-elle mal vu dans l'allée sombre ? Peut-être n'avait-elle même pas gardé le souvenir de cette rencontre ? Assez bizarrement il fut presque satisfait qu'elle ne le reconnût pas. Il se dit que si elle devait le reconnaître il était peut-être préférable que ce fût en une autre occasion. Elle lui laissait ainsi l'initiative. Elle le reconnaîtrait lorsqu'il le voudrait. Et comme il était sûr qu'il fallait que tôt ou tard elle le reconnût, il se laissait aller au sentiment un peu effrayant qu'il ne dépendait absolument que de lui que fût accompli quelque chose de tout à fait nécessaire. Il perdait un peu de son habituelle paresse.

Chaque fois qu'il pénétrait dans la salle à manger, il craignait qu'elle n'eût entre temps quitté l'hôtel. Mais chaque fois elle était là et il supposait qu'elle resterait encore un certain temps, car elle n'était arrivée que quelques jours avant leur rencontre. Il était inquiet tout de même. De combien de temps disposait-il encore ?

La question de ce départ toujours possible lui fut posée avec une netteté particulière une certaine nuit. Il pensa à toutes les raisons qu'elle aurait eues de partir. Il y avait la proximité du chantier, il y avait aussi l'ennui d'être seule à en supporter le malaise. L'homme se reprocha de ne pas l'avoir encore abordée, de prolonger ainsi le plaisir douteux qu'il goûtait à ne rien décider. Il n'avait pas le moindre prétexte pour retarder le moment. Simplement il était toujours possible de remettre ce moment à plus tard. Lorsqu'il y pensa cette nuit-là il eut peur. À la pensée que peut-être il ne connaîtrait jamais la jeune fille, le fantôme de sa propre forme solitaire surgit des ténèbres, et il eut peur de se haïr s'il en venait à se retrouver dans un abandon aussi total, et qu'il aurait choisi. Il aurait bien aimé que se développât et se précisât cette peur, mais elle se jouait de lui et il n'y parvint pas. Peut-être était-ce justement un retour sous d'autres apparences, de la peur que grâce à elle il n'éprouvait pas devant le chantier. Oui, cette peur nocturne pouvait bien être la même chose que la peur qu'elle, pour sa part, n'éprouvait que devant le chantier.

Il finit par se rassurer. Il se dit qu'elle ne pouvait pas partir avant qu'il ne se passât entre eux quelque chose, et que cela ne pouvait plus tarder, que la peur qu'il venait d'éprouver était précisément un des signes que ce moment approchait. Mais il mit plus de temps que d'habitude à retrouver son calme.

Ce fut le lendemain, après le repas de midi, qu'il se trouva non loin d'elle dans le fumoir. D'habitude elle ne s'attardait pas après les repas et regagnait sa chambre ou sortait aussitôt le déjeuner fini. Ce jour-là, était-ce l'ennui ? elle s'y attarda un moment.

Elle lui tournait le dos. Il vit que ses cheveux noirs étaient noués négligemment dans le bas de son cou. C'était la première fois depuis leur rencontre qu'il se trouvait aussi près d'elle. La pre-

mière fois qu'elle se trouvait si proche de lui qu'il
lui aurait suffi d'un geste pour la toucher. Il ne
songea pas sérieusement à faire ce geste. Mais il
pensa qu'il aurait pu, par exemple, s'il l'avait
voulu, en se levant pour sortir du fumoir, frôler
son coude qui reposait sur le bras du fauteuil. Il
ne fit pas ce geste. Il resta assis où il était. Il la
regardait, il regardait ces cheveux négligés,
qu'elle négligeait. Il ne crut pas que ces cheveux
étaient particulièrement négligés ce jour-là. Il
pensa au contraire qu'il devait toujours en être
ainsi. Toujours ces cheveux-là devaient être
prêts à se dénouer. Lorsqu'elle bougeait un peu
la tête leur masse suivait le mouvement et cares-
sait sa nuque qu'elle ne dissimulait qu'en partie.

À un moment donné elle se pencha en avant,
ses cheveux se soulevèrent. Il put voir que le col
de sa blouse était légèrement sali à l'intérieur par
le frottement du cou.

Cela déclencha soudain en lui une émotion
très grande. La vue de ce col sali et froissé par
ce cou, cette nuque à moitié cachée par ces cheveux, ce linge, et ces cheveux et ce cou qui pouvaient le salir, ces choses qu'il était seul à voir,
qu'elle ne savait pas qu'il voyait et qu'il voyait
mieux qu'elle, lui fit revivre la situation qu'il
avait connue le soir de leur rencontre, face au
chantier. C'était comme s'ils avaient été deux à

vivre dans ce corps qu'elle avait et qu'elle l'eût ignoré encore en ce moment.

Dans la nuit qui suivit cette journée le souvenir de cette minute prit en lui l'allure du désir. Il n'y vit pas seulement le signe d'une négligence qui coïncidait avec ce qu'il avait imaginé d'elle. Ce détail lui donnait une réalité immédiate qu'elle n'avait pas eue jusque-là et à la pensée de laquelle il sut qu'il ne pourrait plus échapper. Sans doute la désirait-il depuis le premier jour, depuis le premier moment, dès qu'ils s'étaient trouvés tous les deux seuls dans l'allée, dans l'ombre. Mais ce désir maintenant fut tout de suite si vif qu'il en vint à la souhaiter plus distraite encore qu'elle ne l'était de la vie qui se vivait en elle. Ainsi, le moment venu, pourrait-il la surprendre plus entièrement encore, user plus pleinement d'elle, disposer plus totalement de ce corps jusqu'alors tenu dans la souveraine négligence où il l'avait déjà surpris.

Cette nuit-là il lui fut difficile de dormir. Il considéra son propre corps frappé par le désir. Le voir, c'était comme s'il voyait déjà le sien à elle, comme si dans ses bras s'étaient coulés les siens. Il se laissait faire. Son corps était doué de volonté et de parole, il disait avec calme qu'il la voulait. Avec beaucoup plus de calme qu'il ne l'aurait dit, lui. Alors, comme jamais encore, l'homme se sentit uni à lui-même, par l'effet d'une violence rassurée et tranquille.

Il n'était pas si aveugle qu'il ne se souvînt d'avoir déjà éprouvé ce sentiment à l'égard d'autres femmes. Toutefois il fut heureux de se trouver capable de l'éprouver encore, et cette fois avec une plénitude dont il ne retrouvait, dont il ne cherchait à retrouver aucun équivalent dans sa mémoire. Et il ne lui déplaisait pas d'être encore capable de croire qu'il n'avait jamais connu que de très pâles prémonitions de ce qu'il vivait aujourd'hui.

Cette nuit-là ne suffit pourtant pas à lui faire prendre la décision de l'aborder. Il est vrai que la vie de l'hôtel offrait peu d'occasions de le faire. Mais il ne l'avait pas décidé encore. Ce n'était pas la mollesse habituelle. C'était comme s'il avait goûté tout à coup au philtre de la patience, à la volupté de la patience.

Après le déjeuner une bonne moitié des clients de l'hôtel se réunissaient au fumoir et ils y restaient une partie de l'après-midi. Elle aussi semblait maintenant prendre l'habitude d'y passer un moment. Mais ce lieu ne paraissait pas propice à l'homme pour l'aborder d'une façon qui leur convînt à tous deux. Au risque de la perdre il n'aurait pas couru celui, presque égal lui semblait-il, de l'aborder en public et de la faire remarquer. Personne encore à l'hôtel ne paraissait avoir pris garde à cette jeune fille qui se trouvait seule parmi tous. Il est vrai que rien en elle n'était susceptible de retenir vraiment un œil désintéressé, rien, sauf peut-être la légère négligence de sa mise et de son maintien. Mais rien non plus en elle ne signifiait qu'elle était décidée à repousser tout contact. La méconnaissance assez incompréhensible dans laquelle elle était tenue le rassurait sur le caractère parfaitement secret de l'attrait qu'elle présentait pour lui et pour lui seul. Qu'elle fût si peu remarquable aux vues superficielles était loin de le faire douter d'elle. Mais aussi il y avait quelque chose d'étrange dans cette espèce d'incognito. Car non seulement les autres ignoraient son existence mais ils ignoraient aussi que lui la connaissait. De ce fait non seulement il n'osait rompre l'espèce d'enchantement qui lui permettait, comme si elle avait été douée d'invisibilité, de passer inaperçue, mais il se trouvait lié à elle par une complicité extraordinaire, si l'on considérait le peu de rapports qu'ils avaient eus.

Non, au risque de la perdre, il ne l'aurait jamais abordée en public.

De même que les lieux, rares étaient les instants que l'homme trouvait propices à cette rencontre.

Certaines heures de la nuit lui paraissaient maintenant les plus favorables. Celles où l'hôtel était entièrement silencieux, à quelques heures de l'aurore, lorsque les cris éraillés des chiens entraient par la fenêtre ouverte et faisaient la nuit plus certaine encore. Bien qu'il l'attendît toujours dans l'allée, régulièrement, une partie de la matinée et de l'après-midi, c'était maintenant ces heures tardives de la nuit, les plus désertes, qui lui semblaient le mieux convenir. À ces moments-là, tressaillant, éveillé, l'homme se levait parfois, jeté debout par les évidences nocturnes. Et dressé dans l'ombre, à demi dévêtu, il regrettait de ne pas parvenir à trouver qu'il fût dans les choses possibles d'entrer dans sa chambre et de lui dire : « Je vous demande pardon, je suis ce pensionnaire de l'hôtel, vous savez, qui... »

En dépit de tous les obstacles, imaginaires ou réels qui le séparaient de cette deuxième rencontre, mais d'autant plus insurmontables qu'ils lui paraissaient tenir peut-être uniquement aux imaginations qu'il savait bien qu'il ne pouvait manquer de se faire, il ne désespérait pas d'y réussir. Au contraire même, s'il cessait d'y penser, de se questionner, il se retrouvait rapidement dans la certitude absolue que chaque jour l'en rapprochait. Il savait alors que s'il cédait à l'impatience, s'il rompait l'enchantement, s'il obéissait aux injonctions nocturnes, il troublerait la marche d'une nécessité autrement inéluctable, qui travaillait pour lui. Mais il ne savait cela qu'aux moments où il avait cessé d'y penser.

Le terme de son existence, en même temps, lui semblait s'être curieusement rapproché. Pendant les dernières semaines, en y repensant, ce terme s'était confondu avec une échéance plus lointaine et plus certaine à la fois. Tandis que maintenant, il se confondait avec le moment où il la connaîtrait. Ce moment était proche, mais le terme lui-même, devenait en même temps improbable. Il cessait de voir ce que cela pouvait signifier. C'était comme s'il allait, à ce moment-là, se mettre à durer tel quel, à se survivre, relevé de tous ses devoirs, de tous ses soucis.

Son avenir s'ouvrait sur une sorte de durée océanique. Il s'y présentait même délié de l'obligation d'espérer qui ne se défait d'ordinaire qu'au moment de la mort. Sans doute on n'a que faire d'espérer lorsqu'on a l'occasion de perdre sa vie dans la mort, ou dans un autre. Et l'on aurait pu croire, de l'extérieur, qu'il s'abandonnait vraiment au désespoir, qu'il n'avait plus en face de lui que le dernier de tous les termes, la mort. Il ne se souffrait plus que seul, il fuyait toutes les connaissances qu'il avait faites à l'hôtel, il mangeait comme en rêve, il restait des journées entières dans la contemplation du chantier et sur son visage la crispation fixe des angoisses mortelles se dessinait. Ou bien était-ce parce qu'elle se trouvait avec la mort dans une telle familiarité ? Le moment où il l'atteindrait s'était insensiblement substitué chez lui au véritable terme de la mort. C'est aussi pourquoi, sans doute, en retour, le moment où il l'atteindrait ne lui semblait pas comporter d'avenir.

Il ignorait toujours si elle l'avait remarqué. Rien dans son attitude ne pouvait le donner à penser. Cette incertitude ne le préoccupait pas vraiment. Il était sûr qu'elle voudrait de lui. Qu'elle voudrait de quiconque voudrait d'elle impérieusement. Et surtout, à partir de l'horreur qu'elle avait du chantier. Là-dessus il était tranquille. Il la croyait incapable de rien faire pour attirer l'attention sur elle, mais il ne la croyait pas non plus capable de choisir. Soudaines, passives et insurmontables devaient être ses préférences, comme ses terreurs.

Lorsqu'il regagnait sa chambre, le soir, il avait maintenant derrière lui une journée féconde. Chaque soir, il ramenait quelque chose d'elle. Il restait éveillé très tard.

Chaque nuit il l'inventait à nouveau, parfois à partir des hurlements de chiens ténébreux, parfois de la montée rougissante de l'aube, ou simplement de sa main vide qui traînait à ses côtés dans le lit.

Il ne faisait rien. Il ne lisait plus. Les livres qu'il avait apportés, il ne les ouvrait plus. Il était incapable de s'attarder même un instant sur autre chose que sur cet événement en cours, de sa propre histoire. Tout autre, le plus vaste, noble et considérable, était vis-à-vis de lui d'une différence insurmontable.

S'il se sentait parfois coupable à cet égard, ce n'était pas non plus sans une certaine satisfaction. Il l'avait rencontrée par hasard, le soir d'un jour quelconque, et il avait été initié à son drame au moment où celui-ci touchait à son expression la plus forte, dans la simplicité la plus grande. Par la naïveté digne d'amour qu'il supposait, ce drame possédait non seulement une antériorité écrasante sur tous les autres, mais aussi, à ses yeux, cette primauté de la chose la moins énoncée sur la chose énoncée. Il n'y pouvait rien. D'ailleurs, le plaisir qu'il éprouvait à constater qu'il négligeait les autres drames en faveur de celui-ci était aussi un plaisir de revanche. Et il en arrivait à se dire que la complaisance avec laquelle il s'était penché jusque-là sur ceux des autres ne tenait peut-être qu'à l'absence de drame dans sa propre vie.

Ce qu'il savait d'elle, peu de chose, étonnamment peu, lui avait suffi pour la connaître. À cause de ce chantier qui était là, près de l'hôtel, ce qu'elle avait à dire, elle le lui avait dit avec la

perfection des aveux simples. En vérité tout était
simple. C'est pourquoi il pensait que lorsqu'ils
se rencontreraient, les mots qu'ils prononce-
raient seraient loin de prendre l'importance
qu'auraient leurs gestes ou leurs regards.

Il en fut comme il l'avait pensé.

Elle repassa dans l'allée.

Il était près de midi. Les ouvriers n'avaient pas
encore quitté leur travail. Elle ouvrit la grille et
s'engagea dans l'allée où l'homme l'attendait depuis dix jours, chaque matin et chaque soir.
Lorsqu'elle parut, il fut certain qu'il n'avait jamais douté qu'elle reviendrait. Depuis le premier
jour, il savait qu'elle ne résisterait pas au besoin
de revoir le chantier si proche de l'hôtel. Et il sut
enfin pourquoi, malgré les raisonnements qu'il
se tenait, il avait persisté à l'attendre dans l'allée.

Pendant qu'elle avançait vers lui, il resta allongé sur sa chaise longue.

Cette fois-ci, ce fut elle qui s'arrêta devant lui.
Elle regarda les ouvriers et n'alla pas plus loin.
Elle donnait l'impression de quelqu'un qui s'ef-
force de se contenir. Son regard n'était pas le
même que celui du soir de leur rencontre, il était
moins fixe, mais plus tendu, mieux contrôlé.

Il faisait très beau dans toute la vallée. Les ouvriers travaillaient dans le soleil. Certains avaient
enlevé leur chemise et charriaient le sable, torse
nu. Le travail était très avancé. Les fondations

des murs avaient été faites quelques jours plus
tôt, il ne s'agissait plus que de les finir, de les
élever et de les consolider. Les tendeurs de ficelles n'étaient plus là.

— Ils continuent, dit la jeune fille.

Sa voix avait cette fois-ci un accent navré.
L'homme ne la regardait pas. Il regardait le
chantier comme elle. On ne voyait plus le morceau de prairie neuf enfermé dans les murs.
C'était une chose qui se terminait, elle avait pris
place dans la vallée. Du fait de l'absence des tendeurs de ficelles, elle ne se posait plus comme
un problème à résoudre, comme une difficile
question.

— Ils ont porté au moins une vingtaine de
tombereaux de terre, dit la jeune fille.

L'homme cessa enfin de regarder le chantier
et se tourna vers elle.

— Les murs sont trop hauts maintenant, dit
l'homme, on ne peut plus rien voir.

La jeune fille parut essayer de se rappeler
quelque chose. Il comprit qu'elle oubliait le
chantier. Elle essayait de se souvenir avec précision de lui comme lui se souvenait d'elle.
L'homme la regardait et souriait. Elle sourit aussi et commença à le regarder, à regarder et regarder l'homme qui se souvenait.

— C'est vrai, dit la jeune fille.

Elle continuait à le regarder avec une attention

exagérée, tout en souriant. Lui aussi souriait et
la regardait, mais moins directement. Ce n'était
pas son rôle, et d'ailleurs il aurait été incapable
de le faire. Il savait qu'elle était en train de découvrir qu'il se souvenait d'elle parfaitement. Il
se dit qu'il devait être un peu pâle, qu'elle remarquait qu'il était pâle. Tout en le regardant elle
paraissait faire un effort pour comprendre pourquoi il se souvenait d'elle avec tant de force.

Lorsqu'elle repartit, ce fut du côté de l'hôtel.
Elle n'alla pas plus avant dans l'allée. Manifeste-
ment elle avait oublié pourquoi elle y était venue,
elle avait oublié le chantier. L'homme eut envie
de la rattraper et de lui crier que c'était une
chance, une joie, l'existence de choses comme le
chantier. Il n'en fit rien. Il ne put ni lui crier de
rester ni se lever pour essayer de la rattraper.
Cette impuissance aussi était étrangement satis-
faisante. À chaque battement son cœur le
brûlait.

À partir de ce jour ils se saluèrent.

Lorsqu'il entrait à la salle à manger, elle lui
souriait en hochant légèrement la tête. Cependant elle n'allait pas à sa table et lui non plus
n'allait pas jusqu'à elle.

Peut-être lui fit-elle ce signe de reconnaissance
cinq fois dans les trois jours qui suivirent leur
deuxième rencontre. Son sourire ne fut jamais le
même. La première fois qu'il la revit, ce fut à la

salle à manger, comme toujours, quelques heures après son passage dans l'allée. Elle lui sourit. Son sourire était timide. Il appelait un encouragement à sourire davantage, qui ne vint pas. Il s'éteignit donc et ne se renouvela pas ce jour-là. Il était sûr que ce premier sourire s'essayait à plaire et, en même temps, interrogeait, non sans maladresse. Elle devait être encore incertaine de ce qui avait commencé à se passer entre eux.

Et dans le sourire qu'elle lui adressa le soir même, à la porte du fumoir, l'homme remarqua que l'incertitude s'était accrue et qu'elle touchait presque au désarroi. Il fit en sorte de l'accroître encore en affectant à son égard une certaine désinvolture. Du moment qu'elle savait, car elle savait, le retard qu'il mettait à l'aborder n'était pas celui des jours derniers, il était d'une toute autre nature. C'était un retard qu'il lui accordait afin de lui permettre, à son tour, de s'impatienter et de le rejoindre par un léger effort de patience. Mais jamais elle n'aurait sa patience. Elle brusquait les choses, et il se dit que quoi qu'il fasse maintenant, leur dernière rencontre ne pouvait plus tarder.

Le lendemain de leur deuxième rencontre, elle lui sourit encore lorsqu'il entra dans la salle à manger. Aussitôt il comprit qu'elle savait clairement où ils en viendraient. Si elle était encore incertaine, ce ne devait plus être que de l'allure

qu'il souhaitait lui voir prendre en face de lui.
Elle fut ce jour-là comme quelqu'un qui ne sait
pas comment on danse. Elle attendait sur la piste
nue du silence qu'il observait, la regardant faire,
et ne consentant encore à lui donner aucune in-
dication sur la manière.

Ce jour-là, ni le suivant, il n'essaya de l'aider.
Il ne l'attendait plus dans l'allée.

Pendant les repas, elle paraissait animée, un
peu inquiète. Ce dont elle ne devait pas douter,
c'était de lui convenir. Elle avait l'air heureux.
Une impatience féconde la soulevait, lui soulevait les yeux vers l'homme dans une spontanéité
presque brutale.

Ce jour-là il put constater que les autres hommes de l'hôtel commençaient à la voir.

Le troisième jour, son sourire fut grave et un
peu faux. Il aurait pu faire croire à l'homme
qu'elle tentait de se faire complice de son silence
parce qu'elle avait enfin compris la lente puissance de son attente et l'éclosion prochaine
qu'elle contenait. Mais ce sourire se brouilla sur
sa figure aussitôt qu'elle eut constaté qu'il ne faisait, en réponse, aucun signe d'approbation.

Ce fut à la fin du repas, qui aurait pu marquer
pour elle une défaite, qu'il la regarda enfin d'une
façon si significative, avec une insistance si sérieuse qu'elle ne put pas ne pas comprendre qu'il
était dorénavant inutile de lui sourire de la sorte,

que tout effort pour lui plaire était inutile, futile, que leur rencontre ne dépendait plus maintenant que d'une durée qui n'était pas encore arrivée à son terme et dont il aurait été inutile d'interrompre le cours, parce que de la rompre avant l'heure aurait pu marquer une défaite plus grave que celle à laquelle elle venait d'échapper à l'instant.

Elle ne prit plus la peine de sourire. Dès lors elle attendit. Et dès lors ils furent aussi soucieux de s'ignorer que si, dans cet hôtel de vacances, au cœur de l'été, et malgré leur pleine liberté à tous deux, l'amour était puni de mort.

Pourtant elle ne s'intéressait évidemment plus qu'à lui. Elle ne regardait plus l'enfant qui l'avait captivée. Et elle ne faisait pas d'effort pour lui cacher que personne d'autre que lui ne l'intéressait. Il n'y avait que les tennis qu'elle regardait encore, mais peut-être sans les voir.

Il sut le numéro de sa chambre à l'hôtel : elle se trouvait à l'étage au-dessous du sien, à l'opposé de sa propre chambre, de sorte qu'il ne pouvait voir sa fenêtre qu'en sortant de l'hôtel et en le contournant par derrière. Ce qu'il fit le soir même où il l'apprit. Il resta dehors jusqu'au moment où cette fenêtre devînt noire et il vit qu'elle se couchait très tard. Il n'hésita pas à croire qu'elle s'impatientait, qu'elle ne pouvait s'endormir avec sa tranquillité habituelle.

Pendant ces trois journées qui suivirent leur deuxième rencontre, l'homme ne revint pas au chantier. Il n'y songea même pas. Si le chantier avait eu son temps d'utilité, il gisait maintenant dans un passé entièrement englouti. Il ne revint pas une seule fois dans l'allée, il voulut ignorer si elle n'y retournait pas pour l'y chercher. Il s'éloignait de l'hôtel lorsqu'il avait fini de déjeuner et s'en allait dans la vallée. Pendant ses promenades, il pensait à elle sans inquiétude. Ces jours-là il tomba un peu de neige sur les montagnes au-dessus du lac.

Maintenant c'était la fin, leur attente se terminait. Ils le savaient tous les deux. Ce qu'ils ignoraient seulement, c'était de quelle façon cela allait finir, comment ils en sortiraient, où et quand.

Il dormait très peu. Il avait maigri et lorsqu'il se regardait dans la glace, il se reconnaissait mal. Il se trouvait beau. Sous ses yeux, les grands cernes violets de l'attente s'étalaient.

Ce fut seulement au bout du quatrième jour qu'elle prit fin.

Il fit ce jour-là une très grande chaleur dans la vallée qui bordait le lac. La veille elle était arrivée

à la salle à manger, coiffée et vêtue de façon différente. Ses cheveux étaient dénoués. Il l'imagi-
na seule dans sa chambre, inventant de faire ce
geste, au comble de l'exaspération, et sans être
assurée de rien, l'inventant avant l'heure, avec
une audace presque virile. Et de même, elle avait
mis une robe nouvelle, de couleur rouge.

C'est ainsi qu'elle se dressa en face de lui,
dans la forme et la couleur exactes de l'événement imminent. C'était leur impatience, son
éclatement, leur triomphe.

Il comprit que leur attente avait pris fin.

Il était encore tôt. L'homme sortit après le dîner et se mit à marcher dans les prairies qui bor-
daient le lac une fois les tennis dépassés.

Il y avait du temps à vivre tout à coup, avant
le lendemain. Un temps curieusement prolongé.
Car c'était pour le lendemain : cette échéance
engloutissait en elle toutes les autres jusqu'aux
plus lointaines.

Du chemin qu'il avait pris, l'homme voyait
s'étaler un vaste paysage de villages, de montagnes et de prairies. Il vit aussi, pour la dernière
fois, le chantier. Les ouvriers avaient cessé leur
travail. L'allée était déserte. Les quatre murs se
dressaient maintenant à la même hauteur. Il ne
restait plus qu'à les blanchir. Ils étaient terminés.

Toute échéance éloignée. L'homme traînait.
La nuit tombait. Il avait le temps de rentrer. Il

se sentait dans une disposition à vivre très longtemps en dehors de toute raison.

Une fois le déjeuner terminé, elle vint s'asseoir
devant lui, au fumoir. Elle avait toujours les cheveux dénoués et portait la même robe rouge que
la veille. Elle s'assit en face de lui, ils se regardèrent, et c'est elle qui lui fit la première un rire
bas, prolongé, indiscret. Ce pouvait être le rire
supérieur de celle qui peut enfin sans émoi lon-
ger les murs de tous les chantiers du monde.
Mais il y avait surtout dans ce rire comme une
bouleversante vulgarité qu'on eût essayé de
contenir mais qu'emportait une audace massa-
crante. Les rires qu'elle avait pu faire jusque-là
n'avaient rien de commun avec celui-là. Il lui répondit par un rire semblable.

Les gens de l'hôtel qui se trouvaient près
d'eux remarquèrent que ces deux-là se riaient
sans se connaître et que leurs façons n'étaient
pas ordinaires. Il y eut un léger malaise. Ceux
qui se tenaient près d'eux cessèrent de parler.

L'homme regarda par la porte du fumoir. Il
tombait sur la route un soleil blanc et vertical. Il
ne se demanda plus rien. Il se leva, se dirigea
vers la porte et se trouva sur la route. Puis il
partit. Il dépassa la kermesse qui s'était installée
le matin et qui s'édifiait dans les cris des came-

lots et les déploiements de tentes rouges. Déjà beaucoup de stands étaient montés et, à l'ombre de la place du village, des gens dansaient sous un pick-up tonitruant. Debout devant un stand de tir, quelques jeunes gens visaient des pigeons en plâtre. Et des nuées d'enfants regardaient, pensifs, les valises pleines de berlingots qui, ouvertes, s'étalaient sur la route devant les étals qu'on montait sur des tréteaux. Ce fut après qu'il eut dépassé la kermesse, à une centaine de mètres de l'hôtel, qu'il entendit son pas. Il se retourna mais n'en continua pas moins à avancer. Il rit silencieusement : il le savait, qu'elle était capable de le suivre.

Il continua à marcher et elle à le suivre comme c'était normal.

Il la fit marcher longtemps. Il marchait vite. Sans doute avait-elle de la peine à le suivre. Parfois il entendait son pas rapide derrière lui. Il accélérait encore le sien. Au moment où il aurait pu croire qu'elle se décourageait, il se retourna sans s'arrêter. Elle était immobile sur la route et elle le regardait s'éloigner. Cela n'avait aucune importance, il savait où elle irait une fois qu'elle aurait renoncé à le suivre. Elle s'était arrêtée précisément à l'orée du chemin où il avait décidé qu'il l'amènerait. En s'arrêtant, elle lui faisait donc savoir qu'elle avait compris que c'était là qu'ils devaient se retrouver. Lorsqu'il se retourna une seconde fois, il ne la vit plus et comprit qu'elle avait tourné. Il rebroussa chemin afin de la rejoindre. Il riait.

C'était près du lac, une crique à peu près complètement cachée par des champs de roseaux. L'eau du lac sourdait du sol et il fallait se déchausser pour y avancer. Ce sol était formé de racines de roseaux enchevêtrées et sur cet humus poussaient d'autres roseaux, choses d'eau gorgées d'eau. Pour atteindre le lac, l'homme dut se frayer un passage à travers le champ, mais pour cela il n'eut qu'à suivre la trace toute fraîche d'un passage que marquaient quelques roseaux brisés et la courbure de certains autres, pas encore redressés. Lorsqu'il fut au milieu du champ, il vit parmi les roseaux qui étaient à cet endroit presque aussi hauts que lui, deux autres espèces de plantes en fleurs. Les premières arrivaient à mi-hauteur des roseaux, et le jaune de leurs fleurs donnait au violet ardent des autres toute sa plénitude. La verdeur sombre des roseaux aux fleurs d'encre rendait leur convenance éclatante. Les fleurs jaunes répandaient autour d'elles une luminescence soufrée. Elles étaient à tiges rigides et, contrairement aux autres fleurs, ne remuaient pas sous la brise du lac comme si, douées d'une inquiétante lucidité, elles étaient soucieuses de ne jamais céder à la langueur dont elles étaient menacées, de cette eau douce, de ce lac de douceur, de ce ventre d'eau d'où elles étaient nées. À côté d'elles, plus rares, souples, aux tiges veloutées et flexibles, les fleurs violettes se laissaient fléchir au moindre assaut de la brise et pliaient sous elle, femelles. Et pourtant, c'était en elles que se mourait la clarté des fleurs jaunes, dans leur splendeur extasiée, toujours prête à céder.

Cette convenance des fleurs entre elles fit monter à tous les points du corps de l'homme un flux violent de présence, de mémoire, et il eut l'impression d'être comblé de connaissance.

Il continua son chemin.

À la sortie du champ de roseaux, il la vit qui se tenait debout, de l'autre côté de la crique, et qui le regardait s'avancer vers elle.

# DU MÊME AUTEUR

*Aux Éditions Gallimard*

LES IMPUDENTS, 1992 (1ᵉ parution, Plon, 1943) (Folio n° 2325, nouvelle édition)

LA VIE TRANQUILLE, 1944 (Folio n° 1341)

UN BARRAGE CONTRE LE PACIFIQUE, 1950 (Folio n° 882) (Folioplus classiques n° 51)

LE MARIN DE GIBRALTAR, 1952 (Folio n° 943)

LES PETITS CHEVAUX DE TARQUINIA, 1953 (Folio n° 187)

DES JOURNÉES ENTIÈRES DANS LES ARBRES, 1954 (Folio n° 2993)

LE SQUARE, 1955 (Folio n° 2136)

DIX HEURES ET DEMIE DU SOIR EN ÉTÉ, 1960 (Folio n° 1699)

HIROSHIMA MON AMOUR, scénario et dialogues, 1960. Réalisation d'Alain Resnais, (Folio n° 9)

UNE AUSSI LONGUE ABSENCE, 1961

LES VIADUCS DE LA SEINE-ET-OISE, 1960

L'APRÈS-MIDI DE MONSIEUR ANDESMAS, 1962 (L'Imaginaire n° 49)

LE RAVISSEMENT DE LOL V. STEIN, 1964 (Folio n° 810)

THÉÂTRE,

   TOME I : *Les Eaux et forêts — Le Square — La Musica*, 1965

   TOME II : *Suzanna Andler — Des Journées entières dans les arbres —Yes, peut-être — Le Shaga — Un Homme est venu me voir*, 1968

   TOME III : *La Bête dans la jungle — Les Papiers d'Aspern — La Danse de mort*. Adaptations d'après deux nouvelles de Henry James et l'œuvre d'August Strinberg, 1984

*Aux Éditions de Minuit*

MODERATO CANTABILE, 1958

DÉTRUIRE DIT-ELLE, 1969

LES PARLEUSES, entretiens avec Xavière Gauthier, 1974

LE CAMION, suivi de ENTRETIEN AVEC MICHELLE PORTE, 1977

LES LIEUX DE MARGUERITE DURAS, 1977

L'HOMME ASSIS DANS LE COULOIR, 1980

L'ÉTÉ 80, 1980

AGATHA, 1981

L'HOMME ATLANTIQUE, 1982

SAVANNAH BAY, 1982

LA MALADIE DE LA MORT, 1983

L'AMANT, 1984

LES YEUX BLEUS CHEVEUX NOIRS, 1986

LA PUTE DE LA CÔTE NORMANDE, 1986

EMILY L., 1987

*Aux Éditions P.O.L*

OUTSIDE, 1984 (1ᵉ parution, Albin Michel, 1981) (Folio nº 2755)

LA DOULEUR, 1985 (Folio nº 2469)

LA VIE MATÉRIELLE, Marguerite Duras parle à Jérôme Beaujour, 1987 (Folio nº 2623)

LA PLUIE D'ÉTÉ, 1990 (Folio nº 2568)

YANN ANDRÉA STEINER, 1992 (Folio nº 3503)

LE MONDE EXTERIEUR, OUTSIDE 2, 1993

C'EST TOUT, 1999

CAHIERS DE LA GUERRE ET AUTRES TEXTES, 2006 (Folio nº 4698)

*Au Mercure de France*

L'ÉDEN CINÉMA, 1977 (Folio n° 2051)

LE NAVIRE NIGHT — CÉSARÉE — LES MAINS NÉ-
GATIVES — AURELIA STEINER, AURELIA STEI-
NER, AURELIA STEINER, textes, 1979 (Folio n° 2009)

*Chez d'autres éditeurs*

L'AMANTE ANGLAISE, 1968, *théâtre*, Cahiers du théâtre na-
tional populaire

VERA BAXTER OU LES PLAGES DE L'ATLANTI-
QUE, 1980, éditions Albatros

LES YEUX VERTS, 1980, Cahiers du Cinéma

LA JEUNE FILLE ET L'ENFANT, adaptation de L'ÉTÉ 80
par Yann Andréa, lue par Marguerite Duras, 1981, *cassette*, Éditions des Femmes

LA MER ÉCRITE, photographies de Hélène Bamberger, 1996,
Marval

*Films*

LA MUSICA, 1966, film coréalisé par Paul Seban, distr. Artistes as-
sociés

DÉTRUIRE DIT-ELLE, 1969, distr. Benoît-Jacob

JAUNE LE SOLEIL, 1971, distr. Benoît-Jacob

NATHALIE GRANGER, 1972, distr. Films Moullet et Compa-
gnie

LA FEMME DU GANGE, 1973, distr. Benoît-Jacob

INDIA SONG, 1975, distr. Films Sunshine Productions

BAXTER, VERA BAXTER, 1976, distr. Sunshine Productions

SON NOM DE VENISE DANS CALCUTTA DÉSERT,
1976, distr. D.D. productions

LE CAMION, 1977, distr. D.D. Prod

LE NAVIRE NIGHT, 1979, distr. Films du Losange

CÉSARÉE, 1979, distr. Benoît Jacob

LES MAINS NÉGATIVES, 1979, distr. Benoît Jacob

AURÉLIA STEINER dit AURÉLIA MELBOURNE, 1979, distr. Benoît Jacob

AURÉLIA STEINER dit AURÉLIA VANCOUVER, 1979, distr. Benoît Jacob

AGATHA ET LES LECTURES ILLIMITÉES, 1981, distr. Benoît Jacob

DIALOGUE DE ROME, 1982, prod. Coop. Longa Gittata, Rome

L'HOMME ATLANTIQUE, 1981, distr. Benoît Jacob

LES ENFANTS, avec Jean Mascolo et Jean-Marc Turine, 1985, distr. Benoît Jacob

*Adaptations*

MIRACLE EN ALABAMA de William Gibson. Adaptation de Marguerite Duras et Gérard Jarlot, L'Avant-Scène, 1963

LES PAPIERS D'ASPERN de Michael Redgrave d'après une nouvelle de Henry James. Adaptation de Marguerite Duras et Robert Antelme, Ed. Paris-Théâtre, 1970


## SUR MARGUERITE DURAS

C. Blot-Labarrère commente *Dix heures et demie du soir en été* de Marguerite Duras, 1999 (Foliothèque n° 82)

Laure Adler, MARGUERITE DURAS, Gallimard, 1998 (Folio n° 3417)

M. Borgomano commente LE RAVISSEMENT DE LOL V. STEIN de Marguerite Duras, 1997 (Foliothèque n° 60)

M.-P. Fernandes, TRAVAILLER AVEC DURAS, Gallimard, 1986

M.-Th. Ligot commente UN BARRAGE CONTRE LE PACI-
FIQUE de Marguerite Duras, 1992 (Foliothèque n° 18)

J. Kristeva, *« La maladie de la douleur : Duras »* in SOLEIL NOIR.
Dépression et mélancolie, 1987 (Folio Essais n° 123)